「はい、お祖母ちゃん。
あげる」
「まぁ、まぁまぁまぁ！
ありがとうございま
大切にしますね」
現代陰陽師は
転生リードで無双する 弐

「これより、峡部 強の
成人の儀を執り行う！
鬼を調伏し、次代の峡部を
担う者としてその力量を示せ！」
――ついに鬼退治が始まった。

「…………貴方はおかしいと思わないのですか」
「おかしいのはどちらかというと私達の方ですよ。だから、気にする必要はないかと」

現代陰陽師は転生リードで無双する　弐

爪隠し

FB
ファミ通文庫

目次

[イラスト] 成瀬ちさと

プロローグ

懇親会《こんしんかい》から早一ヶ月。俺が峡部《きょうぶ》聖《ひじり》としてこの世に生を受けてから、四年と数ヶ月が過ぎた。

思えばこれまで、色々なことがあったなぁ。

陰陽師《おんみょうじ》の才能を見出《みいだ》され、その後すぐに誕生の儀で殺されかけた。

一縷《いちる》の望みをかけて不思議生物を取り込んだら、日本の陰陽師界でトップに立つ安倍《あべ》家《け》――その嫡男《ちゃくなん》に勝る力を手に入れられたのは幸運だった。

霊獣の卵をきっかけに高嶺《たかね》の花と縁も繋《つな》げたし、俺の人生は順風満帆と言えよう。

「うん、こんな感じかな」

今も、クソ親父から教わったお札の描き方を復習しているところである。

家族にも恵まれ、第二の実家となったこの場所で、俺は楽しい陰陽術にのめり込んでいた。

将来的には最強の陰陽師として妖怪を薙《な》ぎ倒《たお》し、有名になれたらいいなぁ。

そして最期は多くの人に死を悼《いた》まれ、歴史に名を遺《のこ》すんだ。

年甲斐《としがい》もなく明るい未来に思いを馳《は》せた俺は、ひとまず目の前で作業をするお母様へ話しかける。

「お母さん、お手伝いしなくていいの？　自分のことは自分でやるよ」

「大丈夫ですよ。これはお母さんのお仕事ですから」

居間のローテーブルに向かうお母様は、ありとあらゆる物に名前シールを貼り付けている最中だ。

幼稚園からの指示で、自分の所有物をはっきりさせないといけないらしい。

子供達にとって初めての集団生活ゆえに、いろいろと問題が起こりやすいようだ。

例えば、他の人のクレヨンを奪《うば》ったり、勝手に他人の持ち物を使って壊したり、自分のものをどこかになくしたり。

まぁ、人生二周目の俺にとって、幼稚園児の起こす問題なんて可愛《かわい》いもんだ。笑って受け止められるだろう。

「ありがとう、お母さん。大切に使うね」

「初めての幼稚園、楽しみですね」

そう、陰陽師の修行を盾に引きこもりみたいな乳幼児期をすごした俺も、ついに社会へ一歩踏み出す時が来たのだ。

……初めてじゃないけど。

第一話　幼稚園

新学期の始まりと共に、ついに俺も学歴社会へ進出を果たした。

「この素晴らしき日に、たくさんの新たな出会いに恵まれたことを、喜ばしく思います。皆さんが幼稚園で大切な思い出やたくさんのお友達を作れるよう、我々一同力を尽くし――」

幼稚園の入園式。

前世でも体験したはずなのだが、全く記憶にない。

俺が幼稚園にいた頃の思い出といえば、休み時間にブロック遊びしたり、砂遊びしたり、折り紙で遊んだり……一人遊びばっかりだな。

だが、今世では違う。

四歳以降の思い出は大人になっても、まぁまぁ記憶に残る。

この幼稚園に通う子供は皆、同じ小学校に通うことになるため、しばらく縁が続くことになる。

すなわち、これからの交友関係は将来的に役立つのだ。

だから今世ではもっと他人と関わっていこうと思う。

幼稚園児の相手をするのは大変だろうが、将来役立つコネクションが築けるかもしれないと考えたら、安い投資である。

「頑張って、聖《ひじり》。お家《うち》に帰ったら幼稚園のお話聞かせてくださいね」

お母様の後押しを受けながら向かった幼稚園初日。

転生して新たな覚悟を胸に臨《のぞ》んだ子供達との交流は――

「待て待て――！」

「あははは」

「うわ、こいつ速い」

「あははは……はは……あれ？　意外と楽しい？」

狭《せま》いようで広い幼稚園の敷地を全力で駆け回り、大人数で遊ぶ鬼ごっこは楽しかった。

前世では人より足が遅かったから、狙われたらすぐに捕まって面白くなかった覚えがある。

しかし、今は身体強化によって同年代を凌駕《りょうが》する脚力を手に入れている俺である。

狭い敷地なので安全地帯はほとんどなく、ちょっと気を抜くと複数の鬼に囲まれることの鬼ごっこは、なかなかちょうど良い難易度となっていた。

「やった、ひじりつかまえた！」

「捕まっちゃった。よーし、みんな逃げろ。次は俺が鬼だぞ」

俺は紅白帽《こうはくぼう》を裏返し、逃げる子供達を追いかける。

遊具をうまいこと壁にして逃げる子供や全力疾走で逃げる子供、人の集まっているところで安心している子供、いろいろな子供がいる。

一人を集中狙いすることなく、逃げきれたという達成感をそこら中の子供にプレゼントしながら、俺は幼稚園の庭を駆け回る。

懇親会《こんしんかい》でもそうだったが、大人からすれば遊びにおける勝ち負けは割とどうでもよい。適度に鬼に捕まり、つまらなそうにしている子供に発破《はっぱ》をかけ、難易度調整してあげるくらい余裕がある。

子供達の笑顔を見ていると俺まで楽しくなってしまう。幼稚園の先生の気持ちが少しだけわかった気がする。

「そうか、前世の俺はプライドの高い頭でっかちなガキだったから楽しめなかったのか。なら、今回はうまくやれそうだ」

「ひじりが来たぞ、にげろ～」

こういうことを言われた前世の俺は、ムキになって追いかけ、結局追いつけず、集団遊びは楽しくないと一人遊びにハマったんだっけ。

前世の忘れていた記憶を思い出しながら、俺は第二の幼稚園ライフを楽しんだのだった。

お母様への報告も嘘偽《うそいつわ》りなく「たくさん友達作ったよ」と言うことができた。

やはり陽《よう》キャの卵達は一緒に遊ぶとすぐに仲良くなれる。恐ろしいコミュニケーション能力だ。

そしてなにより、幼稚園児は力が強くて足の速い奴《やつ》が偉い。

遊びを通して俺の強さを本能的に理解した同級生達は、自然と俺をカーストトップと認識し始めた。

忘れてたけど、幼稚園にも言葉にできないこういう空気あったんだな。人間って幼いうちから業《ごう》の深い生き物だこと。

そんなこんなで、俺はあっという間にクラスの中心人物となった。

前世ではブロックで変形ドラゴン作ってた俺が、お外で遊ぶ陽キャ集団のトップに立つなんて、人生何があるか分からないものだ。

とはいえ、俺の目的はお山の大将を気取ることではない。将来役に立つコネクションを作るのが目的である。

どこかに権力者のご子息がいないかなと幼稚園内を探検していると、職員室から複数の声が聞こえてきた。

「真守《まもる》君、また授業中に抜け出してしまって。いいかげん注意した方がいいかと」

「先生のご子息ですから、あまり大事《おおごと》にしないように。四年前でしたかね、真守君のお兄ちゃんが在籍していた頃、担任が注意したらお母様が抗議にいらっしゃったこともありました」

「モンぺじゃないですか。面倒ですね」

「お父さんは立派な政治家なのに、どうしてそんな女性を選んだのやら」

「こら、誰が聞いてるか分からないんですから。そういう悪口は子供にもうつりますよ」

「はーい」

働く大人達の哀愁《あいしゅう》漂《ただよ》う愚痴《ぐち》を盗み聞きしてしまった。

園長先生の言う通り、どこで誰が聞いているか分かりませんよ。

愚痴っていた先生は隣《となり》の担任だから、真守君はそこにいるのだろう。水槽の陰に隠れていた俺は早速移動を開始した。

一緒に外を駆けまわるメンツの名前はもう覚えている。大人しく砂遊びしたり遊具を使う外遊び組も顔見知りだ。

つまり、真守君はインドア派に違いない。

俺の推理をもとにお隣のすみれ組を覗《のぞ》くと、クラスの半数くらいが室内遊びに興《きょう》じていた。

誰が真守君か分からない。

どうやって探すか検討していると、見知った顔があることに気が付いた。

「加奈《かな》ちゃーん」

大きな声で呼べばいいのだろうが、他クラスに入るという謎の部外者感が相まって、声が小さくなってしまった。

それでも付き合いの長い彼女は俺の呼び声に気付き、振り向いてくれた。

「ひじり、なぁに」

「真守君ってどの子か知ってる？」

「まもるくんはねぇ～。あの子」

授業中に抜け出すという話だからてっきりやんちゃ坊主なのかと思ったら、インドア派の名に恥じない大人しそうな外見だった。

一番の特徴を挙《あ》げるなら髪だろうか。緩《ゆる》めな癖毛《くせげ》がフワフワしていて、見るだけで親の愛情を感じさせる。

面立《おもだ》ちはシュッとしていて、将来的に顔面偏差値六十三くらいのポテンシャルを秘めている。

ただ、インドア派のサガか、ちょっと猫背気味なのが心配だ。

そんな彼は熱心にブロックを積み上げ、直方体の何かを作り上げている。

「加奈ちゃんありがとう。また今度遊ぼうね」

加奈ちゃんとは今でもちょくちょく遊んでいる。

弟の優也《ゆうや》と殿部家《でんべけ》の長男、要君《かなめ》も交え、四人で遊ぶことが多い。遊ぶというか、俺は面倒を見る側だが。

だから今回は目的を優先させてもらおう。

俺は真守君に近づき、柔らかい声で話しかける。

「ねぇ、何作ってるの？」

「…………」

返事がない。

俺が話しかけていること自体、気が付いていないようだ。

子供達との交流を重ね、彼らとどういう風に付き合えばいいのか分かってきた俺は、しっかりと正面から目を見て話しかけた。こうすれば初めて会う子供とも仲良くなれる。

……はずだったんだが、この子は違うタイプらしい。

「真守君、何を作っているの？」

今度は気付かないなんてありえないくらい大きな声で至近距離から話しかけた。

しかし、真守君はこちらをちらりと見てすぐに視線をブロックへ戻した。

「…………」

あ、この感じ、俺知ってる。

前世の俺と同じだ。

突然知らない相手に話しかけられて対応に困っているんだ。

なんて返事をするべきか、どう行動するべきか、正解を探して脳内会議中なのだろう。

こういうタイプにグイグイ行ってはいけない。

静かに隣に居座《いすわ》って、時間をかけて彼の心を開かなくてはならない。

俺だったらそうしてほしいと思う。

ということで、俺もブロック遊びに興じることにした。

前世の幼稚園にあったブロックとはタイプが違う。変形ドラゴンシリーズを再現するのは難しそうだ。

「ちょっと箱を動かすね」

こういうブロックの器《うつわ》には大抵お手本となるモデルの写真が貼ってある。

これを模倣《もほう》するだけでも結構楽しかったりする。

その模倣の果てに変形ドラゴンシリーズができたのだから、子供の創造力は馬鹿にできない。

「…………」

「…………」

黙々《もくもく》とブロックで遊ぶ。真守君に話しかけたりしない。

彼にとって俺はまだ部外者である。ここで話しかけても迷惑するだけだ。

この日は最初に話しかけて以降、何もやり取りせずに休み時間を終えた。

次の日も、「こんにちは、俺もブロック使うね」と挨拶《あいさつ》だけして、以降は無言でブロックを組み上げた。

次の日も、そのまた次の日も、土日明けの月曜日にも、彼の隣でブロック遊びを続けた。

そして、今日もまた外遊びに混ざってくる先生に容赦《ようしゃ》なく鬼を押し付け、園庭からすみれ組へ移動した俺はブロック遊びを始めた。

すると驚いたことに、隣に座る真守君から声を掛けられた。

「それ、欲しい」

彼がそう言って指さしたのは、俺が集めていた青ブロック。

鋭意製作中の貨物船の船底部分に使おうと思っていたのだが、別に青でなくても問題ない。

俺は一言「いいよ」と言って青ブロックの山を渡した。

その日、これ以上会話は発生しなかった。

ここで「おっ、仲良くなれたかな」とか考えるのはコミュニケーション能力の高い奴だけだ。

真守君のようなタイプは一度会話した程度で心を開いたりしない。

少なくとも俺はしない。心の中に入れる親友は厳選するタイプなのだ。

そんなこんなで一ヶ月経《た》った。

◇◇◇

「…………」

「…………」

俺達の間にはまだ会話がない。

黙々とブロックを組み上げるだけである。

「それちょうだい」

「いいよ」

ただ、こういう事務的な会話は頻繁《ひんぱん》に交《か》わされるようになった。

彼のなかで俺の存在が〝よく知らない怖い人〟から〝話しかけても大丈夫な人〟にランクアップした証拠。

これは大きな進歩だ。

そろそろ俺から話しかけても大丈夫だろう。

「ねぇ、何作ってるの？」

「…………」

まだダメだったか。

彼の心の壁は前世の俺よりも高いのかもしれない。

気長に交友を深めますか、と、諦《あきら》めかけたその時、隣から小さな声が聞こえた。

「……らいおん」

隣に顔を向ければ、ブロックを凝視《ぎょうし》して黙々と創作を続ける真守君の横顔があった。

これは……少し仲良くなれた証《あかし》かな。

「格好《かっこ》いいね」

「………」

返事は来なかった。

しかし、彼の心がちょっとだけ開いた事実に、何とも言えない感動を覚えた。

不純な動機で仲良くなろうとしていたが、これだけ毎日アプローチをかけていると、本当に仲良くなりたくなってくるから不思議だ。

彼より先に俺の方が絆《ほだ》されてしまったのかもしれない。

◇◇◇

幼稚園生活は順調である。

あれからもちょいちょい真守君と会話を重ね、順調に仲良くなっていったある日。

さんすうのお勉強の時間中、園庭側のガラス戸を横切る影が見えた。

「先生、トイレ行ってきていいですか」

「はい、いいですよ。一人で大丈夫ですか？」

「はい、大丈夫です。ちょっと時間がかかると思いますが、心配しないでください」

こういう時、信頼がモノを言う。

先生の話は真面目に聞き、出された課題もすぐ終わらせて、周りの困っている子達を手助けしてあげている。

幼児達の中で唯一、大人とまともに会話できる俺は、手のかからない子として先生から絶大《ぜつだい》な信頼を得ている。

だから、嘘をついて部屋から抜け出すこともできるのだ！

……こんな狡猾《こうかつ》な幼稚園児嫌すぎる。先生ごめんなさい。

俺は部屋を出て影の向かった方へ歩みを進める。

すると、後ろから大きな声が響いた。

「真守君！　どこに行ったの～」

これはすみれ組の担任の声。職員室へ救援《きゅうえん》を依頼するみたいだ。

問題児がいると大変ですね。情報提供ありがとうございます。

ちらりと見えた影、恐らくそうだろうと思っていたが、おかげで確信が持てた。

俺は他の先生に見つからないよう、幼稚園内を探索することにした。

幼稚園の敷地からたった一人を見つけだすかくれんぼだ。どうやって探すか。

使われているお部屋にはいないとして、隠れられる場所といえば遊具の中かな。

「いないか」

次はどこを探そうかとあたりを見渡し、目に付いたのが避難用滑り台だった。

「真守君、ここで何してるの？」

「………………」

すぐに見つかった。

　災害時に二階から降りるための避難用滑り台、その下はロープが張られ、進入禁止となっている。

　ちょうど日陰となり人目に付かないこの場所で、真守君は一人砂いじりをしていた。

　いや、よく見れば砂の上に何かを描いている。

「なんだろう、ライオン？」

「いるか！」

　わざと見当違いな予想をあげてみれば、狙い通り否定してくれた。

　とりあえず口を開いてもらわなければ会話も成り立たない。

「そっか、イルカかぁ……。……授業つまらないよね」

「……うん」

　真守君からすれば俺も授業脱走仲間に見えたのだろう。

　唐突《とうとつ》な話題転換にもついて来てくれた。

　いつも黙々とブロックを積み上げる彼が、今日はどこか鬱々《うつうつ》としているのは、それがいけないことだと分かっているからに違いない。

「真守君は勉強苦手？」

「……うん………つまんない」

「絵を描いたりブロックで遊ぶのは好き？」

「好き」

ノータイムで返事が返ってきた。

ここ一ヶ月彼と交流してきた俺に言わせれば、真守君は天才肌の芸術家気質なんだと思う。自分の興味があることには没頭するけど、それ以外には熱意が湧《わ》かない。そんなタイプ。

前世の知り合いにそういう人物がいた。なんとなく真守君は彼と似た空気を纏《まと》っている。

アーティスティックな彼らからすると、授業はさぞつまらないのだろう。何度も逃げ出すくらいに。

「絵、上手だね」

「…………」

「ブロックも、何を作っているのか分かるくらい上手《うま》いよね」

「…………」

「好きなことを全力でするなら、その姿勢を貫くといいよ。中途半端はダメだ。壁にぶつかっても乗り越えられるくらいの情熱を燃やし続けなければならない。周りから邪魔をされても気にせず、死に物狂いで突き進むべきだ。じゃないと、俺みたいに後悔しながら死ぬことになる」

「……？」

そうだよね、いきなりこんなこと言われても意味が分からないよね。

でも、俺にできるアドバイスはこれくらいしかないなぁ。

「せっかく自分の好きなことを見つけられたなら、先生が何と言おうと創作を続けていいと思うよ」

先生には迷惑をかけるし、親も心配するだろうし、将来学歴で困るかもしれない。

でも、せっかく好きなものを見つけられたのに我慢するなんてもったいない。

せっかくの人生だ、好きなことをして生きろ。

とはいえ、真守君が罪悪感を抱いており、好きな絵に集中できないのでは本末転倒だ。

思った以上に常識人な彼には正道へ戻るアイデアを授けたい。

何かないか……。

思案を巡《めぐ》らせながら真守君の隣で地面に絵を描く。陣に似た絵を描いて復習を兼《か》ねるとしよう。

俺は天才じゃないので名案が思い付かない。こういう時パッと解決してあげられたら格好いいんだけど、俺には無理そうだ。

何か、何かないかな。

そろそろお勉強の時間が終わってしまう。

アイデアが転がっていないか視線を巡らせると、少し離れた場所で俺達の様子を観察する園長先生の姿が見えた。

　俺達を注意するでもなく、教室へ連れ戻そうとするでもなく、ただただ見守ってくれている。

　真守君を呼ぶ先生方の声が聞こえなくなったと思ったら、そういうわけだったのか。

　俺に謎の信頼を寄せているのか、はたまた事なかれ主義なだけなのか、どちらにせよこの対応は俺にとって都合が良かった。

　どこか心に余裕のできた俺は、ふと、隣で指いじりをしている真守君に目が留まった。

　なんてことはない、爪に砂が入ったのだろう。

　指……あぁ、あれなら役に立つんじゃないかな。

「真守君、印の結び方って知ってる？」

「いんってなに？」

　某有名な忍者漫画で広まった〝印を結ぶ〟動作。

　あれには陰陽術《おんみようじゆつ》的効果と、身体的効果の二つがある。

　陰陽術では霊力を特定の流れに変え、天橋陣《てんきようじん》の封印を解除したりできる。

　そして、もう一つの身体的効果。こちらは一般人でも意味がある。

　印を結ぶことで脳波や交感神経の働きが変わり、集中力を上げるのだ。

「こうやって、こう、そして次にこうする」

「………こう？」

　陰陽術指導が進み、クソ親父から本格的な印を教わった。

俺が知っているのは安全かつ陰陽術的にはほとんど意味のない印だけだが、今回はこれで十分だろう。

「そうそう、上手上手。授業に飽《あ》きたらこれをやってごらん。落ち着くかもしれないよ。それでもダメなら教室から逃げ出すんじゃなくて、教室の中で創作するといい」

「…………」

ちょっとだけ仲良くなった相手の言葉だし、信じてやってみてくれるといいなぁ。

とりあえず教室から逃げ出すのは危険だからやめてもらおう。

子供達が室内を駆けまわる音が聞こえる。

授業が終わったのだろう。

俺は先生にどう言いわけしようかなと悩みながら教室へ戻ることにした。

真守君が上手く幼稚園へ馴染《なじ》めればヨシ。ついでに俺への友好度が上がればなおヨシ。

避難用滑り台の陰でしゃがみ込む彼に幸あれ。

第二話　お茶会

幼稚園に通う日常にも慣れた頃、お母様から珍しく外出のお誘いを受けた。

「聖《ひじり》、今度の土曜日、源《みなもと》様の御家でお茶会が開かれるのですが、一緒に行きませんか」

源……その名字で俺が知っているのは、猫型ロボットの名を冠するアニメのヒロインと、長年にわたって安倍家《あべけ》を支えている御家だけなのだが……。

えっ、陰陽師界《おんみょうじかい》における大御所中の大御所じゃないですか！

子供番組のはずのおんみょーじチャンネルでも紹介しちゃうくらいのVIPだぞ。

「ほら、懇親会《こんしんかい》の最後にご挨拶《あいさつ》した奥様がいたでしょう。あの方です」

「うん……。え、あの人？」

懇親会の終わり際、お母様に連れられて沢山の奥様方と挨拶した。

そのときお母様は息子をママ友にでも紹介するような気軽さで挨拶していた。

てっきり峡部家《きょうぶけ》と同じくらいの家格かと思っていたら、あの時の源さんが源様だったのか。分家筋だと思ってた。

大丈夫かな、失礼な事とかしてなかったっけ。

そして、今回のお茶会……お茶会って実在するんだ……。

「お茶会って何をするの？」

「お茶やお菓子を食べながらお話しする集まりです。子供達は自由に遊んでいていいはずですが、陰陽師の御家となると少し勝手が違うかもしれませんね。でも、聖はとってもお行儀の良い子ですから、心配いりません」

お母様から向けられる信頼が心地よい。

ええ、もちろんお行儀良くしますとも。

懇親会で招待された奥様方とその子供達が集まって、さらに交友を深めるということか。

もしかしたら懇親会で話しかけた将来有望そうな子供達も来るかもしれない。

将来のコネクションを得るためにも、行かない手はない。

「行く」

「分かりました。源様も是非にとおっしゃっていましたから、優也《ゆうや》と三人で行きましょう」

こうして次の土曜日、俺は源家に伺《うかが》うこととなった。

◇◇◇

お茶会当日。

俺はてっきり公共交通機関を乗り継いで向かうものだとばかり思っていたが、今回に限っては違うらしい。

「お待たせいたしました。どうぞ、お乗りください」

「お迎えありがとうございます。さあ、聖、先に乗ってください」

今回はなんと、源家から送迎の車が出ていた。

源家専属運転手と名乗る男性が俺達のためにドアを開けてくれる。

こういうのって大会社の社長とか、そういうＶＩＰが受けるサービスじゃないか。

まさか、陰陽師のスペシャリストになる前に体験できるなんて。

俺は感動しながら車に乗り込んだ。

お母様からすれば、初めて自家用車に乗る俺が興奮しているように見えたことだろう。

実際、優也は初めて乗る車に大興奮だ。お母様に座席へ上らないよう注意されるほど。

「それでは、源家へ出発します」

「お願いします」

さっきから運転手に対するお母様の言動がやけに手馴《てな》れている。

うすうす気付いていたが、お母様っていいところの出《で》だったりするのか？

なぜかいつも丁寧語《ていねいご》だし、ちょっとしたパーティー用の服を事前に持っていたし、常にお金持ち特有の余裕を感じさせるオーラを纏《まと》っている。我が家はボロいのに。

父方の祖父母は天に召《め》されたと聞いたが、母方の祖父母は話に聞いたことも会ったこともない。

今度お母様に聞いてみるとしようか。

車はリムジンでこそないが、静音性の高い快適な高級国産車。

前世では中古車しか買わなかった俺からすれば縁遠い代物《しろもの》である。

専属運転手を雇っていることといい、源家の財力が感じられる。

「くるま、はしってるよ。はやいはやい！」

「窓に顔を付けちゃダメだよ」

「はーい」

優也も俺の真似《まね》をしているおかげか、年齢の割に落ち着いている。粗相《そそう》をしたりしないだろう。

たとえ何かミスをしたところで「子供だから」という最高の免罪符を持っている今、恐れるものは何もない。

恐れるのは社会人二年目になってからで十分だ。

今は前進あるのみ。

「あちらに見える黒い屋根が源家の御屋敷です。もうすぐ到着いたします」

運転手さんの声で前を向くと、山の麓《ふもと》に黒い瓦屋根《かわらやね》の日本家屋が見えた。安倍家と同じく広大な敷地に手入れされた庭、歴史を感じさせる母屋《おもや》、そのどれもが源家の権勢《けんせい》を表している。

そんな安倍邸のダウングレードバージョンを目の当《まあ》たりにしてふと思った。

「不思議生物たくさんいそうだな」

今の俺には不思議生物は全く見えない。しかし、触手と霊力充塡《じゆうてん》抜け毛を使えばそこに不思議生物がいるかどうかは分かる。

その結果、幼稚園や公園には一匹もおらず、俺の家や殿部家《でんべけ》にはいることが判明した。陰陽師の家には不思議生物がいる。もしかしたらその逆で不思議生物がいる場所に家が建てられたのかもしれない。とても興味深い疑問だ。

お茶会中に罠を張ってみようかな。

最大距離まで伸ばして入れ食い状態なら、不思議生物が多いと判断できる。

分かったからどうということはないが、陰陽師に関する謎は全て解き明かしたい。

純粋な知識欲を満たすため、暇を見つけて実験してみることにした。

「ご乗車お疲れさまでした。到着です」

「ありがとうございます」

「「ありがとうございます」」

とりあえずしっかりと挨拶ができた弟の頭を撫《な》でておいた。

運転手さんにドアを開けてもらって車を降りれば、なんだか本当にＶＩＰになった気分だ。

開放されている玄関をくぐると、安倍家同様使用人が出迎えてくれた。俺達は彼女の案内に従い、日本庭園に面した廊下を渡り、お茶会会場へ。

「ようこそいらっしゃいました。聖さん、麗華《れいか》さん、優也さん。またお会いできる日を楽しみにしておりました」

俺達より前に来たであろう奥様方との会話を切り上げ、お茶会の主催者である源家の奥様が歓迎の挨拶をしてくれた。

明らかに質の良い着物を身に纏《まと》い、それを自然と着こなしている。気の強そうなつり目ときちっとまとめられた艶《つや》やかな黒髪が、仕事のできるＯＬ感を醸《かも》し出《だ》す。

お母様と同じくらいの年齢で、既《すで》に大御所の妻に相応《ふさわ》しい品格を持っていた。

そんな厳しい印象を抱きやすい外見なのだが、初めて挨拶したときから常に笑顔を浮かべており、高い地位に反して親しみやすい印象を抱かせる。

気の強そうなつり目とのギャップで、男ならクラッときてしまいそうだ。

源家の当主もきっと、この笑顔にやられたに違いない。

「聖さんが来てくださって嬉しいです。娘も、聖さんにお会いできるのを楽しみにしていたのですよ」

「は、はぁ……本日はお招《まね》きいただきありがとうございます」

挨拶の後の第一声、源様はお母様じゃなくて俺に話しかけてきた。

びっくりした。思わず四歳児とは思えない社会人挨拶しちゃったじゃないか。

「いただきありがとーございます！」

優也も俺の真似をしてご挨拶。偉い！

ご褒美として頭を撫でてあげよう。

「うふふ、懇親会でも思いましたが、峡部家は子供への教育が行き届いておりますね。私達も見習わなければ」

「いえいえ、私達は何も。子供達が自分の力で日々成長していて――」

子供を会話のフックにして母親談議が始まった。

さすがは大御所の妻、如才《じょさい》ない。

ここまで連れてきてくれた使用人さんが「子供達は隣の部屋へどうぞ」と案内してくれて、手持《ても》ち無沙汰《ぶさた》から解放された。

子供達の遊び場は奥様方の集う部屋と繋がっていて、襖《ふすま》を取り払うことで完全に視界が通るようになっている。何かあってもすぐに駆け付けられる状況だ。

もっとも、使用人という名のシッターさんが部屋の隅《すみ》で目を光らせているから、そんな心配無用なのだが。

俺達が到着したときには既に十人くらいの子供達がいた。

半数は座布団に座ってテレビを見ながら大人しくお菓子を食べ、半数はおもちゃを広げて遊びに興《きょう》じている。

優也と手を繋《つな》ぎながら、さてどちらに混ざるかと思案していると、使用人さんが声を掛けてきた。

「聖君と優也君ですね。おやつの時間なので、こちらへどうぞ。お菓子を食べ終わったら自由に遊んでいいですよ」

お茶会に相応しいおやつ時。

子供達も疑似《ぎじ》お茶会といったところか。

使用人さんの指示に従ってテーブルへ向かう。

俺達が座布団に座れば、使用人さんがサッとお茶の入ったコップとお菓子を差し出してくれた。

「にぃ、これ何？」

「羊羹《ようかん》だよ」

子供に出すものなのか？

俺が羊羹の良さに気が付いたのはだいぶ歳《とし》を取ってからだったぞ。

この仄《ほの》かな甘さと口いっぱいに広がる小豆《あずき》の風味、うん……美味《おい》しい。これ絶対高級品だ。別の意味で子供に出すようなものじゃない。

お茶も羊羹に合うようセレクトされている。たぶん高級品。

これが金持ちのおもてなしか。

「おいしくない……」

そうだよね。食べ慣れない味だよね。

子供にはクッキーとかの方がいいよね。

「残りはお兄ちゃんが食べるから。遊んできていいよ」

優也はごめんなさいの顔でおもちゃ箱へ歩いていった。

食べ物は大切に、ってお母様から教わってるからね。

先に座っていた子供達を見てみれば、テレビに夢中になって手を止めている子はいても、羊羹を忌々《いまいま》しく見つめる子はおらず、みんな美味しそうに食べている。

なんとなく食べ慣れているような印象。余所《よそ》の陰陽師宅はどんな食生活をしているのか、ちょっと覗《のぞ》いてみたい。

殿部家はうちと似たような一般家庭だったのだが……。

弟の分まで羊羹を平らげ、最後にお茶でお口直し。

「ごちそうさまでした」

ふぅ、美味しかった。

さてさて、優也は何をしているのかな。

俺が振り返れば、そこには女の子と一緒に遊ぶ弟の姿があった。

「ゆーやくんはしょうらい何になりたい？　わたしはねー、お花やさん」

「ぼくはひこーき！」

精神面の成長に著《いちじる》しい差が出ている。

そうか、女の子はもう将来の夢を持っているのか。

「優也は自力で友達作ってるし、俺は俺で交友を……と、その前に調査しよう」

安倍家の懇親会で触手をこっそり振ってみたが、誰にも気付かれなかった実績もある。

ちょっと触手を這《は》わせるくらい問題ないはず。

俺は触手に髪の毛を一本摑《つか》ませて遠くへ伸ばしていく。

最大限まで伸ばしたところで罠を設置し、しばらく放置――

「すごい、たくさんいる」

罠を設置してから一分と経《た》たず、不思議生物が一気に二匹もかかった。

擦《す》れていない魚のような警戒心のなさ。

やはり陰陽師の家には不思議生物が多くいるのだろう。もしかしたら権力を持つ陰陽師はそういう土地や家を占有しているのかもしれない。結果として赤ん坊の頃から霊力に差がつき、実力の差が実績の差に繫がり、さらに権力を得る……。

どこの社会も厳しい現実が聳《そび》えているのは変わりないか。

となると、安倍家にはもっとたくさんいたのかな。

あの時は現役陰陽師が多すぎて罠を張るのはさすがに躊躇《ためら》われたが、試《ため》してみればよかった。

「何か考え事ですか？」

そう問いかける幼女の声が耳に届く。

俺の触手を踏みつける感触から、子供が近づいて来ていることには気付いていた。

「いえ、何で遊ぼうかと悩んでいました」

誤魔化《ごまか》しながら声の主《あるじ》と相対する。

そこには俺より少し背の高い着物幼女が立っていた。

その着物はついさっき見たものと同じデザインで、顔立ちもまたついさっき見た人にとても似ていた。

ただ、表情筋が全く仕事をしていないため、受ける印象は大きく異《こと》なる。

「懇親会以来ですね。源さんはお元気でしたか？」

彼女こそ源家の長女、源……源……あれ、しずかじゃなくって、それに近い名前の……なんだっけ。しずかが頭の中から離れてくれない。

えーと、名前なんだっけ。見た目に合ったクールな印象の名前だったような。

「はい、峡部さんもお元気そうで何よりです」

お手本にできるくらい事務的なやり取り。けれど何か違和感がある。

そう、それは子供二人がこんな会話をしている事実がまずおかしい。

俺は前世で爺《じい》さんになるまで生きてきたが、この子は確か俺と同い年。

四歳にしてはずいぶん理知的な話し方をする。

幼稚園の同級生達はもっとひらがな多めな発声をするぞ。

「本日はご招待いただきありがとうございます」

「いえ、私は何も。全て両親が準備したものですから」

ほらやっぱり。この子、他の子と比べてずいぶん賢い。

久しぶりに同じ背丈の相手とまともな会話をした気がする。

彼女の淡々とした話し方は、同僚の女性が仕事の事務連絡をしてくるようで懐《なつ》かしい気分になる。

ちなみにその女性は、イケメンに対してのみ声がワントーン上がる。

「突然ですが、峡部さんに一つお尋ねしたいことがあります」

というか、彼女の話し方につられて自然と大人対応してしまった。

普段は四歳児らしく振る舞っているつもりだが、今更幼児モードへ変えても違和感が出てしまう。今はこのままでいくしかないか。

「なんでもお聞きください」

「では、遠慮《えんりょ》なく」

テーブルとおもちゃ箱の間、他の子供の邪魔が入らないこの位置で、突然話しかけてきた彼女の意図はいったい？

招待客をもてなすなんて子供の仕事じゃないだろうし……まさか、陰陽術を使って俺の触手が見えたとか？

「ここにいる子供達をどう思いますか？」

「…………」

質問の意図が読めない。

というか、四歳児のする質問じゃないんだが。

まさかこいつも、俺と同じ転生者か？

「どういう意味でしょうか」

「ここにいる子供達、いえ、同じ年頃の子供達が、あまりに幼稚に見えませんか？」

俺も貴女《あなた》も十分幼稚な外見をしてますよ。

なんて答えは期待していまい。

幼稚か……幼稚園に通う年頃の子供なんだからそれで正しいのだが、彼女にとっては異質に見えるのだろう。

お花屋さんの幼女とは比較にならないくらい、精神面の成長が早いのかもしれない。

彼女の力強い目を見ればその予想が一番しっくりくる。

俺みたいな前世持ちというチートではなく、彼女は生まれながらの天才なのだ。

「そうですね、貴女と比べたら幼稚かもしれませんね。でも、それでいいのでは？」

「……貴方《あなた》はおかしいと思わないのですか」

「おかしいのはどちらかというと私達の方ですよ。だから、気にする必要はないかと」

とか言ってみたが、この答えで良かったのだろうか。凡人には天才の求めるものが理解できない。

俺の答えを聞いた源さんは、無表情なまま俺を見つめてくる。

母親譲りのつり目がきつい印象を与えるが、もっと成長して顔立ちが変われば美人になるだろう。

今は子供特有のぷっくりした顔だからつり目が似合わないが、頭身の変化と共に顔もほっそりしてくるはず。

明里《あかり》ちゃんがたぬき顔な可愛《かわい》らしさを秘めているのに対し、この子はきつね顔でクールな美女へと成長する可能性を秘めている。

彼女のお母さんも美人だったし間違いない。女優だったら極道《ごくどう》の妻役とかが似合いそうな感じ。

母親と同じく後頭部で黒髪をまとめているので長さは分からないが、俺と同じく伸ばしているのだろう。陰陽術において髪は切り札となるから。

俺が観察している間に何らかの結論を出したようで、彼女は一度小さく頷《うなず》いて話し始めた。

「なるほど、確かに気にする必要はなさそうです」

「私の意見が源さんの役に立ったなら幸いです」

彼女の頭の中はいったいどうなっているのやら。

どんな頭脳を手に入れれば四歳で自分と他者の差異に悩むんだ。

そういう疑問は中学二年生か高校生の頃に生まれるものだろう。

「ところで……」

凡人な俺とは違う、前世でも巡《めぐ》り合《あ》わなかった天才との邂逅《かいこう》に驚く俺へ、彼女は言った。

「私の名前は雫《しずく》です。覚えていらっしゃらないようなので、改めて名乗らせていただきました」

「あっ……峡部 聖です。お気遣いありがとうございます」

恥ずかしさのあまり意図せず声が小さくなる。

待って、なんでバレた。

俺の心読まれてる？

それとも天才なら読心術標準装備なの？

上には上がいる。

人生二周目でも勝てそうにない天才とこんなところで会うとは思わなかった。

しかも相手は生まれながらにして金と権力を持っている。

ついさっき、周りを気にするなとか言っておきながら、俺はひしひしと格差を感じていた。

「峡部さん、手持ち無沙汰なら、あちらで一緒にトランプをしませんか」

「喜んで。……といいたいところですが……私に構っていていいのですか。他にもたくさんお客さんがいるのに。源さんはお忙しいのでは？」

もうこの幼女は幼女だと思わない。

大人と思って対応しよう。大人なら招待客を接待しなければいけないはずだ。

ここにいる子供達は峡部家よりもずっと金持ちで権力のある家の出身である。

彼らの方が優先順位は高いに決まっている。

「いいえ、問題ありません。では、こちらへ」

俺の発言をバッサリ斬り捨て、彼女は大人達のいる部屋に近い位置で座り込んだ。

使用人さんがいつの間にか座布団を用意し、俺も正座で向かい合う。

お茶会に来ている有望そうな子との交流は後回しになりそうだ。

「では、何をしましょうか。二人だとできるものが少ないですね。他の子も呼んで――」

「いいえ、二人でやりましょう。スピードはいかがですか」

源さんは強かった。

脳みそのスペックが桁違《けたちが》いで、俺よりも判断スピードが明らかに速い。

俺がこのカードを出そうと思った時には、既に源さんのカードが投げられている。

二連敗したところで意識的に身体強化を使い、指の速さで強引にカードを捌《さば》ききって
勝った。完全に大人げないことをしてしまった。

誰だよ、遊びに勝ち負けなんて関係ないって言ったやつ。

「同年代の子とトランプをして、初めて楽しいと感じました。お付き合いいただきあり

がとうございました」

「いえ、私の方こそ楽しませてもらいました」

こうやって遊びに全力を出すのも久しぶりだ。悪くなかった。

彼女は「失礼します」と挨拶をし、近くにいた女の子へ話しかけていた。

恐らく、挨拶回りでもするのだろう。

源雫の名を頭に刻み、俺も懇親会で出会った有望株に近づくのだった。

第三話　凹凸な才媛　side: 雫

私は、家に招待された同年代の子供達と会話ができない。

「しずくちゃん、あのね、おかあさんがね、このシールをね、かってくれたの」

「そうですか。私に報告する必要はありませんよ。それと、もっとハキハキと話してもらえますか」

「しーちゃん、いっしょにおままごとしよう」

「遠慮《えんりょ》させていただきます」

「うわぁぁぁん、うわぁぁぁぁ」

「どうして泣いているのですか。理由を説明してください。説明してもらわねば対応しかねます」

両親や我が家で働いてくれている使用人達とは会話が成り立つのに、同年代の子供達の支離滅裂《しりめつれつ》な言動が理解できない。

「私はおかしいのでしょうか」

周りの大人達から学んだ話し方も、子供達からすると「変」なのだそうだ。

いるのか。

それはおかしい。

子供達が最終的に目指すべきは大人のような言動のはず。

なぜ、大人からかけ離れた言動をする子供達の方が、自分は正しいという確信を得ているのか。

「……理解できません」

両親や使用人達は私の行動を褒《ほ》め、肯定してくれます。

間違いなくこの選択は正しいはず。

ですが、どうしても彼らの「変」という言葉が気にかかります。

そんなときに出会ったのが、峡部《きょうぶ》さんでした。

「はじめまして、峡部　聖《ひじり》です」

彼の話し方は、他の子供と違って大人のそれと同じものでした。

本人は演技をしているつもりのようですが、一目見れば分かります。

峡部家の皆さんと別れてすぐ、お母様が私に言いました。

「雫《しずく》さん、先ほどご挨拶《あいさつ》した聖さんと仲良くしてくれませんか。彼は陰陽師界《おんみようじかい》の次代を動かす人物になり得ます。ぜひとも源家《みなもとけ》、ひいては安倍家《あべけ》に助力していただかねばなりません」

私も母のおっしゃることはよく理解できます。

私も最近札飛ばしをできるようになりましたが、あの速度と精度は異常です。

生まれた瞬間から昼夜関係なく人生を全て陰陽術に費《つい》やさねば、この年齢であの領域にたどり着くことはできないでしょう。

そんなことはあり得ません。となれば、彼は間違いなく陰陽術の天才ということ。

安倍家のような特異な環境以外では発生し得ないイレギュラーです。

「今度のお茶会に招待するので、その時は頼みますよ」

「はい、お母様」

晴空《せいくう》様も話し方はだいぶ大人びていますが、行動に合理性がない。

峡部さんならば、あるいは――

「やはり、同類ですね」

お茶会当日、遠目から観察しただけでも分かりました。

彼の言動は大人と同じものです。

弟の面倒を見る様子は、私のお世話をしてくださる使用人さんと同じものを感じました。

ただ、なぜあそこで一人立ち止まっているのか、理解できません。

直接聞いてみましょう。

「何か考え事ですか？」

「いいえ、何で遊ぼうかと悩んでいました」

嘘《うそ》ですね。

峡部さんの眼は子供だましのおもちゃに微塵《みじん》も興味を抱いていない。

何かを誤魔化《ごまか》している……。

「懇親会《こんしんかい》以来ですね。源さんはお元気でしたか？」

「はい、峡部さんもお元気そうで何よりです」

今、私の名前を思い出せず、苗字《みょうじ》を選択しましたね。

一瞬口調に揺らぎがありました。

「本日はご招待いただきありがとうございます」

「いえ、私は何も。全て両親が準備したものですから」

できている。

私が理想とする会話が成り立っている。

大人達がするような、正しいやり取りができている。

彼は、同類だ。

「突然ですが、峡部さんに一つお尋ねしたいことがあります」

「なんでもお聞きください」

「では、遠慮なく」

今のワンクッションが、子供達には決して真似《まね》できない。

心地よい流れです。

「ここにいる子供達をどう思いますか？」

「……どういう意味でしょうか」

理解していただけなかった……いえ、質問が抽象的すぎましたね。

これでは回答の選択肢が多すぎました。

二択に変更しましょう。

「ここにいる子供達、いえ、同じ年頃の子供達が、あまりに幼稚に見えませんか？」

今度は伝わりました。

やはり、彼も同じことを考えたことがあるのですね。

でなければ、今の表情はできません。

少し思案した後、峡部さんが答えを出しました。

「そうですね、貴女《あなた》と比べたら幼稚かもしれませんね。でも、それでいいのでは？」

それでいい……つまり、諦《あきら》めろということですか。

この疑問は解決する必要がないと？

ならば、私は最初から質問などしません。

「……貴方はおかしいと思わないのですか」

………

……………

「おかしいのはどちらかというと私達の方ですよ。だから、気にする必要はないかと」

………………

彼の答えを聞き、私の考え方は変わりました。

私達が変であることには、さほど問題がない。現状彼らと会話が成り立たなくても、大きな問題は発生していません。

同年代の子供達と会話が成り立たないといっても、それは今だけの話。二つの意味で私達が大人になれば解決する話でした。

ならば、私達はこのような差異など気にせず、時が来るのを待てばいい。

「なるほど、確かに気にする必要はなさそうです」

「私の意見が源さんの役に立ったなら幸いです」

他者に変化を求めることは不毛ですね。

今思えば、何故《なぜ》私はこのような些事《さじ》を気にしていたのでしょうか。

峡部さんのおかげで視点を変えることができました。

「ところで……私の名前は雫です。覚えていらっしゃらないようなので、改めて名乗らせていただきました」

「あっ……峡部 聖です。お気遣いありがとうございます」

いえ、問題ありません。

忘れたのならば改めて覚えていただければよいだけですから。

その後、母の指示に従い、招待客全員の目の前で一緒に遊び、峡部さんと仲良くするという仕事を完遂《かんすい》しました。

驚いたことに、家族や身内の大人以外で初めてトランプの勝負が成立しました。

最後の指の動きは明らかに異常でしたが、イカサマを証明しようがありません。

ただ、次は負けません。

峡部さんと別れ、私は招待客の中で最も源家と関係の深い伊藤《いとう》さんへ挨拶に向かいました。

「伊藤さん、ようこそいらっしゃいました。楽しんでいただけていますか」

「え？　えーと、楽しいよ」

「それは良かったです。引き続きお楽しみください」

「え、なに？」

次の招待客のもとへ向かいましょう。

先ほどの子も私と話しながら〝変な子〟と思っていたようですが、何も問題ありません。

気にする必要のないことですから。

彼らが伝えようとしてくることをこちらが理解できていれば、それで十分でしょう。

いつか彼らが大人になるまで、私は私のすべきことをすればいい。

第四話　期間限定霊力激増イベント延長戦　終了

真守《まもる》君へアドバイスをしたあの日から一ヶ月が経《た》った。

結果から言うと、真守君は授業を抜け出さなくなった。

感覚派な彼には印を結ぶ効果が大きかったようだ。我ながらいい仕事をしたと思う。

その甲斐《かい》あってか、真守君の俺に対する友好度がアップした。

「ひじり、それ取って」

「はい」

無言の時間が続く……。

依然会話内容は事務的だが、これは大きな進歩だ。

何せ、俺の名前を呼ぶようになったのだから。

だいたい人の名前など覚えなくとも、「ねぇ」と呼びかけて、二人称を使えば会話は成り立つ。人の名前を覚えるのが苦手だった俺は、親しい人以外そうやって名前を覚えずに生きてきた。

それにもかかわらず、真守君は俺の名前を呼んでくれるのだ。大いなる進歩である。

「見てひじり」

真守君がそわそわしている。

俺に声を掛けた真守君は、おもむろに鞄《かばん》から画用紙を取り出し、新作の絵を見せてくれた。

「おぉ、水族館に行ってきたのか。すごい、綺麗《きれい》」

先週の日曜日に家族と水族館へ行ってきたらしく、絵の中には両親と兄の後ろ姿があった。

人や魚はリアルかつ光源を意識した陰影まで描き込まれている。背景も遠近法を用いて正確に、彼が見た美しさそのままを落とし込んでいた。

まだ拙《つたな》さを感じるが、この年齢にしては破格の表現力だ。少なくとも人生二度目の俺《画伯》が描いた家族の絵よりずっと秀逸《しゅういつ》である。

「……ありがとう」

はにかむ彼の姿は、数ヶ月前からは想像できなかった。

共に問題を乗り越え、友情を育《はぐく》む……王道である。

「幼稚園では描かないの？」

「見られるの、やだ」

こんなに上手《うま》くて大好きな絵を休み時間に描かないのはどうしてか尋ねれば、彼はいつもそう答える。

彼はわずか四歳にして、もう既《すで》に一端《いっぱし》の芸術家となっていた。

「絵の描き方、誰かに教わってるの？」

「毎日おえかききょうしつ行ってる」

四歳で習い事？

ちょっと早いような、でも今時普通なのか？

オリンピック選手は子供の頃から英才教育を施《ほどこ》されるっていうし。なにより陰陽術《おんみょうじゅつ》習っている俺が人のこと言えない。

「楽しい？」

「たのしい」

先生に恵まれたのか、本人の才能か、彼の絵は見るたびに成長している。

俺も負けてられないな。

呪文の暗記と陣の練習、祭具《さいぐ》の勉強などなど、陰陽術教育は順調に進んでいる。

この調子で頑張っていけば、きっと立派な陰陽師になれるだろう。

ただ一つ懸念があるとしたら、それは不思議生物の捕獲量減少《ほかくりょうげんしょう》である。

「今日も一匹だけか」

幼稚園から帰ってきた俺は、リビングで呪文を書き写しながら触手罠を張っていた。

だが、三時間経っても一匹しか掛からない。少し前なら六匹くらいは手に入ったのに。

この現象はおんみょーじチャンネルを見始めた頃と似ている。

俺が強くなりすぎたか、大人に近づいたせいか。そろそろ彼らへの干渉《かんしょう》、もとい期間限定霊力激増イベントが終わるのだろう。

生まれたばかりの頃ならいざ知らず、現状俺が保有する霊力と比べれば、不思議生物一匹で増える霊力なんて微々《びび》たる量だ。だが、四年以上続けていた不思議生物吸収はもはや習慣と化していた。

「お腹《なか》が空《す》いたのですか？　夕ご飯はもう少し先ですよ」

「お腹は空いてないよ。どうして？」

「お口がもごもごしていましたから」

俺も気付かぬ間に口寂《くちさみ》しくなっていたのだろうか。

あの言葉にできない歯ごたえや舌ざわり、霊力が増えてゾワゾワする感覚——気持ち悪いと思っていたそれらが、今では馴染《なじ》み料理の如《ごと》く思えるのだから不思議だ。

トリュフ・フォアグラ・不思議生物。世界三大珍味に加えていいと思う。

「にぃ、ぼくのボーロあげる」

「ありがとう優也《ゆうや》。お兄ちゃん嬉しいよ。よーしよし」

優しい弟の頭を撫《な》でれば、きゃっきゃと声をあげながら俺の手を摑《つか》んでくる。

うん、不思議生物よりこっちのお菓子の方が美味《おい》しい。家族の愛は最高の調味料である。

三歳になった優也は完全に不思議生物の脅威《きょうい》から逃れた。

一歳を過ぎたあたりで激減し、二歳になったら三回もなかったっけ。

もう弟が突然死することはないだろう。

ひな鳥のように俺の後ろを追いかけてくる弟は優しい子に育ち、こうして他者を思いやれる。

お兄ちゃん頑張った甲斐《かい》があったよ。不思議生物も捕まえられたし、一石二鳥。

「おふだビューンってとばすやつ、やって！」

「こら、お兄ちゃんは勉強中ですよ。邪魔してはいけません」

「大丈夫だよ、お母さん。ちょっと手が疲れてきたし、札飛ばしの練習してくる」

可愛《かわい》い弟にお願いされては断れない。

俺はひな鳥を引き連れ、自作の札を片手に中庭へ向かう。

「いくぞ、ビューン！」

「びゅーん！」

俺が札を飛ばすのに合わせ、優也は紙飛行機を投げた。

面白そうなものを操《あやつ》っている兄を見て、弟が「自分も飛ばしたい」と言い出すことは分かっていた。

霊力の無い優也に札は操れない。なので、苦肉の策として紙飛行機の折り方を教えてあげた。

素直な優也はそれで満足してくれた。

まさか将来の夢になるとは思わなかったが。

プロの投げた紙飛行機ならいざ知らず、三歳児の投げる紙飛行機などすぐに落ちてしまう。それに対して、俺の豊富な霊力を込めた札が延々と飛び続けたら優也が拗《す》ねてしまうだろう。

「さぁ～、行くぞ～。そろそろ行くぞ～……ビューン！」

「びゅーん‼」

もちろん、そこは俺がフォローする。

札に描いた陣の効果で風を発生させ、紙飛行機を再度空へ飛び上がらせるのだ。

掛け声を上げれば弟はテンション爆上げでノッてくれるので、サービスのし甲斐があるというもの。

もちろん俺にとってもいい練習になる。

陣の描き方ひとつでその効力は変わってしまう。この描き方は正解なのか、どの程度霊力を使用すればどの程度の出力を得られるか、札飛ばしと風の陣の並行起動などなど、遊びながらトライ&エラーで学んでいるのだ。

特に、込める霊素《れいそ》の種類によって陣の効果が激変するから、しっかりと把握《はあく》せねばならない。

第陸精錬宝玉霊素《だいろくせいれんほうぎょくれいそ》を使ったあの初戦闘時、俺はがむしゃらに霊素を込めて起動しただけだった。体調が最悪だったとはいえ、今思えばあれは酷《ひど》かった。

正しく陣の効果を発揮するには、しっかりと霊素の性質を考えて選び、陣を制御しなければならない。

いずれ来る戦いの時に備えて、俺は今日も陰陽術を鍛《きた》えるのだった。

「ねぇねぇ、もういっかい！　もういっかい！」

「仕方ないな……それビューン！」

「びゅーん！」

第五話　峡部家前日譚

週末の日曜日。

俺は陰陽師《おんみょうじ》教育の前のお手伝いをしていた。

懇親会《こんしんかい》前に一度仕事を手伝ったことで、俺の霊力がバカ高いことを親父は知った。

それに味を占《し》めたこの男は、陰陽師教育の前に霊力を使う仕事を俺にやらせるようになった。

子供に疲れる仕事丸投げとか、家長としてのプライドはないのか。

とはいえ、不満はない。俺からすれば消費する霊力は微々《びび》たるものだし、この後の教育を万全の状態でやってもらえた方がいいので。

養ってもらっているのだから、これくらいの親孝行はさせてもらおう。

それに加え、休日返上で仕事の準備を行い、俺の指導に時間を費《つい》やしてくれる親父に敬意を表し、クソの称号を取ってやることにした。成人したら一発殴るだけで許してやろう。

式神への報酬を払い終え、今は墨壺《すみつぼ》に霊力を込めている最中だ。

机の上に並ぶ小さな墨壺に指を入れ、霊力を込めるのだが……俯《うつむ》きながらの作業ゆえ、さっきから髪が垂《た》れてきて鬱陶《うっとう》しい。

「お父さん、髪が邪魔なんだけど、切ったらダメだよね」

「ダメだ」

即答だった。

知ってた。

髪は陰陽師にとって切り札になりえる万能アイテムだ。

陰陽術を強化することもできるし、式神への報酬に使うこともできる。

そんな万能アイテムは、切った瞬間に賞味期限が発生してしまう。

消費期限はないのだが、効力や価値は著《いちじる》しく下がっていく。

だから、陰陽師は基本的に散髪をする習慣がない。

俺も生まれてから今まで一度も髪を切っておらず、肩まで伸びた長髪を首の後ろでまとめているのだ。

男がするには珍しい髪形なので、幼稚園の初登園で「女みたい」と馬鹿にされた。SNSで炎上しそうな発言をした男の子には鬼ごっこで反省してもらったので、今ではいいお友達だ。

「……。………。……。邪魔」

前世では三ヶ月に一度千円カットのお店に行って、「全体的に短くしてください。後ろと両サイドは6㎜で刈り上げてください」という実益重視の非モテヘアーが俺の定番だった。

ようするに、ずっと髪が短い生活を送っていたので、こうして前髪が邪魔になると気になって仕方ないのだ。

垂れてきた一房の髪を耳に掛ける仕草とか、男がやっても誰得《だれとく》だよ。

こういう仕草は美女がやるから様になるのであって、俺にとってはただただ鬱陶しいばかり。

ヘアゴムでまとめなおしたいのだが、今は指が墨で濡《ぬ》れているため、それもできない。

あと墨壺二つだから我慢するしかないか。

「お父さんは髪短いよね。何に使ったの？」

そう、親父は俺に髪を切るのはダメだと即答しておきながら、自分はスッキリしているのだ。

つまり、何らかの陰陽術で使用したということ。

しかも、現在進行形で頻繁《ひんぱん》に使用しているということだ。

今までも結構気になっていて、俺は聞く機会をうかがっていた。

「……。聖《ひじり》と優也《ゆうや》の誕生の儀に使った」

「そうなんだ」

確かに、我が子の誕生の儀という一大イベントは、大切な髪を使うのに相応《ふさわ》しい状況だ。だが、そんなの三年以上前の話だろう。

三年もあれば髪はかなり伸びる。

誤魔化《ごまか》すということは、何か子供に言いたくないようなことに使っているのか？

ちょっと気になるけど、陰陽師にとって「髪は長い方が格好良《かっこい》い」という文化もあるみたいだし、あまり追及しないでおこう。

「じゃあ、初めて使ったのはいつ？」

「初めてか……」

長く伸ばし続けた髪は霊力が浸透《しんとう》し、価値が上がる。

子供の頃はみな髪を使うような場面がないので、大抵の場合、大人になって最初に使う髪にこそもっとも価値がある。

俺もいつか使う時が来るだろう。その参考にしたい。

「最初に使ったのは、この街に現れた脅威度《きょういど》４の妖怪と戦った時だ」

あれ、なんか空気が重い。

聞いちゃいけない話を聞いた時のような……。

俯きがちに話し始めた親父によって、部屋の雰囲気が一気に変わった。

「脅威度４って、周辺の家が協力して戦う相手だよね」

脅威度とは、地震の震度と似たような指標で、妖怪の強さや危険性を表している。

〈脅威度〉
1：基本的に無害。霊感が強い人にしか見えない。
2：人に悪戯《いたずら》できる程度の雑魚《ざこ》。時間をかけて人に害をなす。
3：ポルターガイストを起こせる多少力を持った妖怪。陰陽師が単独で対処できる。
4：地域規模で被害を起こす妖怪。複数の家が協力して安全に退治するのがベスト。

そこから震度と同じく、さらに5弱と続き、7まで分類されている。

妖怪は千差万別な姿を取り、それぞれ力量が違うため、この指標が作られた。

「そうだ。敵の強さによっては国家陰陽師部隊が出動する」

国家陰陽師部隊。

それは大規模儀式に特化した陰陽師集団のこと。

とんでもなく強い妖怪が出た際、個人の力ではどうしようもない相手を集団の力で倒すために創設されたという。

主に陰陽師家の次男三男の就職先となっているらしい。おんみょーじチャンネルで言ってた。

ゆえに、各家の当主には個の力を求められる。

脅威度4の妖怪は個の力を持つ精鋭複数名で囲わねば勝てない相手ということだ。

かなりの強敵だろう。

「そのとき周辺にいたのは我が家と殿部家《でんべけ》、それから浦木家《うらきけ》と理物家《りぶつけ》と江後家《えじりけ》だった」

「そんなにいるんだ」

俺は殿部家にしか行ったことがないから知らなかった。この辺りにも結構陰陽師がいるんだな。

「いや、今は存在しない。我が家と殿部家だけだ」

ん？　ということは、三家がその妖怪に滅ぼされたということか？

どれだけ強かったんだ。

「最初に到着したのは我が家と殿部家。各当主とその妻、そして次期当主であった私と籾《もみ》で、穢《けが》れをまき散らす妖怪と応戦した」

籾さんも参加していたのか。

そして、俺が生まれる前に亡くなった峡部家《きょうぶけ》前当主、父方の祖父母もその頃は生きていたようだ。

「その妖怪は後に脅威度4と認定されたが、戦っていた私の感覚からすれば5弱に匹敵《ひってき》した。殿部家が結界を築き、峡部家が式神を召喚する。定石《じょうせき》となっていたこのやり方も、奴《やつ》には通用しなかった」

やたら仲がいいとは思っていたけれど、昔は一緒に戦っていたのか。

でも、今は一緒に働いていないみたいだし……この戦いで何かがあったんだろう。

いつも口数の少ない親父が長々と語りだした時点でそれは分かりきっていた。

「結界をことごとく破壊され、式神も有効打に欠けていた。到着の遅い三家が得意な相手と判明した時点で、我々は遅滞戦闘へと移行した。いつまで経《た》っても来ない三家を待って、な」

何か陰謀を感じる。

「なんで来なかったの？」

「お前はまだ知らなくていい。その時、前当主達は持てる力の限りを尽くし、妖怪をなんとか抑えた。私と籾の攻撃は牽制《けんせい》程度で、ほとんど見ていることしかできなかったがな。あと少しで国家陰陽師部隊が到着すると連絡が来たとき、父が……お前のお祖父《じい》ちゃんが倒れた」

祖父は、妖怪に殺されたのか。

親父は言葉を濁したけれど、一度死んだことのある俺にはそんな気遣いは要らない。妖怪と戦うと知った時点で覚悟はしていた。

「前衛を崩され、均衡《きんこう》が保てなくなった時、私は髪を切った。父なき後に契約の切れた式神へ代価として渡し、その場を何とか乗り切ったのだ。それから間もなく国家陰陽師部隊が到着し、封印された」

「退治じゃなくて封印？」

「それくらい強かったのだ。だから私は、あの妖怪が5弱であったと確信している」

なるほど、そんな強力な敵と戦うため、親父は初めて髪を切ったのか。

なんか思ってたより壮大な過去話になっちゃったな。

てっきり俺は「新しい式神召喚《ガチャ》で使っちゃった」くらいの話を想像していたのだが。

話が終わったと思っていた俺は、その続きを聞いて驚愕《きょうがく》した。

「その後すぐ、お前のお祖母《ばあ》ちゃんと殿部家の前当主が倒れた」

「え？」

「戦闘中に近づきすぎたことと、怪我《けが》から穢れの侵入を許してしまったのが原因だと、医者は言っていた。あまりにも強力な呪いで、解呪すらも間に合わなかった」

えー、勝ったのに、死ぬって、なんて理不尽な。

確かに、妖怪にはそういうタイプがいるとは聞いていたけども。

「妖怪の呪いを完全に癒《いや》すことはできない。籾の母親も呪いを受けており、ひと月持たずに倒れた。殿部家はなんとか継承を終えたが、峡部家は式神の継承が途絶《とだ》えてしまった」

それって、もしかして我が家がボロいことと何か関係あります？

おんみょーじチャンネルで一度〝式神の継承〟って言葉を聞いたことがある気もするが、どういう意味だろうか。

「ゆえに、聖には迷惑をかける。峡部家の式神を一部しか継承することができない」

「いつ継承してくれるの？」

「私が引退する時だ。それまでは私が使っていない式神で練習することになる」

そうか、まだ先か。

報酬の霊力は自力で賄《まかな》えるし、早くやってみたかったのにな。

それにしても、なかなか考える余地《よち》のある話だった。

我が家の現状も少し分かったし、陰陽師の世界の厳しさも分かった。先人達の築いた歴史として参考にするとしよう。

おもむろに立ち上がった親父が俺の傍《そば》に歩み寄り、頭に手を乗せる。

「戦いを生業《なりわい》とする陰陽師はいつ死ぬか分からない。私はお前に全て伝えるまで死ぬつもりはないが……いざという時は、麗華《れいか》と優也を頼むぞ」

親父……それフラグ……。

「優也は僕が守ってあげる。でも、お母さんを守るのはお父さんの役目でしょ。お母さんが言ってたよ。お父さんが助けてくれて、お母さんが惚《ほ》れたから結婚したって」

「……話したのか」

恥ずかしがってら。

でも、そうか……親父も死ぬ覚悟で働いてるんだな……。

その点、前世の俺とは違う。俺はずっと平和な世界で生きてきたから。

いったいどんな気持ちで出勤しているのやら。

俺の幸せな日常を守るためには、家族全員が揃《そろ》っていなければならない。

お母様の馴《な》れ初《そ》め話でもそうだったが、ピンチに駆けつける方法、見つけないとなぁ。

霊素《れいそ》で何とかなったりしないものか。

親父の過去話を聞いている間に墨への霊力注入は終わっていた。

この後は陣の勉強だ。簡易結界や破魔、解呪などなど、用途に応じて覚えなければならない陣がいくつもある。

「今宵《こよい》は満月だ。勉強は早めに切り上げて、午睡《ごすい》しておくように」

「じゃあ夜に、月光浴の陣の描き方も教えて」

「……いいだろう」

その顔は「よく飽《あ》きずに勉強できるな」と驚いている顔だな。

当たり前だ、こんな面白い勉強ならいくらでも続けられる。プロの陰陽師を目指す者なら当然だろう。

だから、親父が伝えることなんてすぐに尽きるぞ。

変なフラグ立てて早死にだけはするなよ。

第六話　祖母

「それでは、出発しましょう」

「「はーい」」

幼稚園へ通うようになってから組み込まれた日常の一つ。

俺の登園を兼《か》ねた家族でのお散歩。

まだ優也《ゆうや》を一人でお留守番させるわけにもいかないので、こうして親子三人で朝日を浴びながら歩くのだ。

「お母さん」

「なんですか」

幼児二人に挟まれて歩くお母様へ俺は問いかける。

懇親会《こんしんかい》が終わってから、ずっと気になっていたことがあるのだ。

「明里《あかり》ちゃんから何か連絡来てない？」

「明里ちゃんというと、安倍家《あべけ》のご息女でしたね。何も連絡は来ていませんが、遊ぶ約束をしていたのですか」

はい、その通りです。

霊獣の卵を餌にお誘いかけたんだけど、あれから全く音沙汰《おとさた》なし。

子供ならフットワーク軽く移動することも可能かと思ったのだが、訪問の連絡も招待の手紙もやってこない。

これはフラれてしまったのだろうか。

「そういえば、明里ちゃんを可愛《かわい》いと言っていましたね。好きになっちゃいましたか？」

「うーん、好きと可愛いは違うかな。でも、あまりにも可愛くてすごく気になってる」

「あらあら、聖《ひじり》はもう〝好き〟の意味を理解しているんですね」

そりゃあ一度人生を全《まっと》うしましたから。

思春期の甘酸っぱい恋愛も、大人のドライな付き合いも経験済みです。

なんて格好《かっこう》つけてみたが、思春期の方は甘酸っぱいというより、告《こく》ってフラれただけの酸っぱい思い出だし、大人の方は食事を奢《おご》って終わりだったけども。

それでも、子供の頃よりはよっぽど理解できているはずだ。

……はずだ。

「ぼく、おかしすきー」

「ママのことは好きじゃないのですか」

「ママもすき！」

弟よ、君はずっと綺麗《きれい》なままでいてくれ。

俺みたいに人を見て呉《く》れで判断するような大人にならないでくれ。

「安倍家のかたと直接連絡を取る方法がないので、私のほうから確認することはできませんね。もしも連絡が来たら、真っ先に教えてあげますから」

「うん、ありがとう」

卵の絵に結構食いついていた様子だけど、実はあんまり興味なかったのかな。

興味の移ろいやすい幼児の事だから、懇親会が終わったら忘れてしまったのかもしれない。

「そういえば、源《みなもと》様が『安倍家では特別な訓練を行っている』とおっしゃっていました。もしかしたら、あまり遊べないお家なのかもしれません。もしも連絡が来なくても、約束を破ったと怒らないであげてくださいね」

「もちろん。僕、お母さんのそういうところ好きだよ」

「ふふ、ありがとうございます。私も優しい二人が大好きですよ」

他人をフォローするその気遣い、俺にはできないから尊敬する。

飲み会でグラスが空《あ》いているのを目ざとく見つける人よろしく、周囲にまで目が向けられるその余裕が、前世の俺にはなかった。

お母様みたいな余裕のある心は、俺に遺伝しているだろうか。

余裕といえば……。

「お母さん、お母さん」

「なんですか、聖」

「お母さんのお父さんとお母さんってどこにいるの？」

俺の予想では、すでに亡くなっているか、絶縁状態なのだと思う。

孫が生まれたというのに一度も会いに来ないなんておかしい。

お祖父《じい》ちゃんお祖母《ばあ》ちゃんは孫が可愛くてしょうがないという、全世界共通の法則から外れている。何か理由があるはずだ。

「私の父、あなた達のお祖父ちゃんは病《やまい》で亡くなりました。ですが、お祖母ちゃんは生きていますよ」

お祖父ちゃんは俺達が生まれるずっと前に亡くなっていたようだ。

そして、お祖母ちゃんは病を患っていて、長いこと入退院を繰り返しているらしい。

だから我が家に来なかったのか。

「二人の写真を見て、いつも可愛いと喜んでいるんですよ。ほら」

道の端に寄り、お母様がスマホのメッセージアプリを開く。

ルーム名に「母」と書かれた個人チャットを見せられた。

そこには俺と優也の写真がいくつもあげられており、その合間に「可愛い！」「いいね」「尊死《そんし》」といったコミカルなスタンプが挟まっている。お祖母ちゃんスマホ使いこなしてるな。

滅茶苦茶近況報告されてた。

絶縁とは程遠《ほどとお》い。

「なんで僕達から会いに行かなかったの？」

「うーん、それは……聖にはまだ知らないでいてほしいです。ごめんなさい」

お母様はとても悲しそうな表情でそう言った。

峡部家《きょうぶけ》の過去といい、子供だから話せないと言われるのはもどかしい。

俺を取り巻く環境、これを理解するにはもっと深いところまで知る必要がある。

だが、これこそ両親の子供に対する愛だと分かっているから、追及することもできない。

「二人の誕生日プレゼントとお年玉も、ちゃんと贈られていますよ」

えっ、そうだったの？

そういえば前世でも親が預かっていたっけ。祖母の愛も、知らぬ間に受け取っていたのか……。

人生一周しているのに、そこに気付けないあたり情けない。

しかも、よく見たら電子マネーのギフトで贈られている。お祖母ちゃん俺よりもスマホ使いこなしてるよ。俺には贈る相手がいなかったから、その機能の使い方知らないもん。

「良い機会ですし、今度お見舞いに行きましょうか」

「うん」

「おばーちゃんってだれ？」

「お祖母ちゃんというのはですね――――」

幼稚園に到着し、この日はそこで話が終わった。


次の休日、早速祖母のお見舞いへ行くことに。

珍しく親父も一緒だ。今日も間違いなく俺の手伝いを当てにしている。

病院に着いてすぐ、俺達をエントランスに置き去りにして、親父が先に祖母の病室へ向かう。

「ここで少し待っているように」

何か二人きりで話したいことでもあるのだろう。

[話は終わった]というメッセージが送られてくるまで、俺達はソファーに座って待つことになった。

「ここですよ。一緒にノックしましょうね」

お母様に案内されて向かったのは、療養病棟の個室である。

やっぱり、お母様の実家は金持ちだ。

六人部屋ではなく個室となると、差額ベッド代という料金が加算される。

数日程度なら快適さのために払うことも考えるが、療養病棟で長期入院するとなると、一般家庭では負担が大きすぎる。少なくとも、前世の俺が大人しく六人部屋を選ぶくらいには高い。

「お母さん、入りますすね」

「おじゃまします」

「おじゃましまーす」

部屋に入って分かった。

この部屋……特別個室だ！

一般個室より設備が充実している分、さらなる料金を請求される。独身で老後の貯金もあった俺が、最初から選択肢に入れないくらいには高い。

お母様の実家が何をしていたのか気になるところだが、それよりも今は、目の前の人物との初対面《はったいめん》が重要だ。

「はじめまして。峡部《きょうぶ》聖《ひじり》、四歳です」

「はじめまして！　きょーぶゆーやです。3さい、です！」

「まぁ、しっかり挨拶《あいさつ》ができて偉いですね。はじめまして、私はあなた達のおばあちゃん、宮野《みやの》美代《みよ》といいます。よろしくね」

俺達の挨拶に相好《そうごう》を崩した祖母は、お母様とそっくりな女性だった。

いや、逆か、お母様が祖母に似ているのだ。

白髪《しらが》交《ま》じりの黒髪は入院生活のために短いが、若かりし頃はお母様と同じく艶《つや》めくような長い髪だったに違いない。

顔は、お母様が綺麗に歳《とし》をとったらこうなるだろうな、という未来予想図とピッタリである。

弱っているせいか、電動ベッドに背を預けたまま起き上がれそうにない。しかし、その佇《たたず》まいから優雅さを感じられるのはどうしてだろうか。

前世では全く縁のなかった金持ちという存在、なるほど、雰囲気だけで住む世界が違うと分かってしまう。今年に入ってからこの手の縁がやたら増えてきたなぁ。

祖母と比べたら、お母様の方は近所の綺麗で優しいお姉さんというか、庶民感が拭《ぬぐ》えない。

「みゃーのみよ？」

「うふふ、子供には言いづらいですよね。おばあちゃんと呼んでください」

「おばーちゃん」

「はい、よくできました。こちらへいらっしゃい。お菓子がありますよ」

「おかし？」

お菓子につられてひょいひょい近づく我が弟。

お茶会の時といい、全く人見知りしないな。

いつかお菓子につられて誘拐されそうでちょっと怖い。

「聖さんもいかがですか。これなど美味《おい》しそうですよ」

サイドテーブルに置かれた小さなバスケットにお菓子の小袋が何種類も入っている。

小腹が空《す》いた時用……ではなく、孫が来ると知って用意してくれたのだろう。

どれにしようか真剣に悩む優也を見て、祖母は「可愛くてしょうがない」と言いたげな表情を浮かべている。

そして、その表情そのままに俺へと顔を向けた。

「聖さんはもう立派なお兄さんなのですね。強《つよし》さんの教育が良いのかしら」

「いえ、私は何も。麗華《れいか》さんの教育の賜物《たまもの》です」

「聖は私が口を出さずとも立派に成長しています。きっと、よい御手本がすぐ傍《そば》にいるからでしょう」

「相変わらず仲睦《なかむつ》まじいこと」

本当ですよね。俺も前世でこんな夫婦になってみたかった。

まさか両親相手に砂糖吐くことになるとは思いもしないって。

祖母とお母様は見た目だけじゃなく中身まで似ている。

話し方と言葉選びに聞《き》き馴染《なじ》みがあるのだ。

ただ、祖母の所作はお母様よりも洗練されていて、さっきの例えはかなり的確だったように思う。

懇親会で出会った奥様達に通ずる品の良さを身に纏《まと》う祖母は、穏やかに二人と会話を続けた。

「聖さんは賢《すぐる》さんに似ていますね」

「言われてみれば、兄さんに似ているかもしれません。長男はしっかりするものなのでしょうか」

両親の近況報告が終わると、自然と子供の話題が中心となる。

本人の前で話をされるのはなんとも居心地悪いが、その内容はどれも俺を褒《ほ》めるものなので、気分は悪くない。

大人になると褒めてくれる相手がいなくなる。

今のうちに承認欲求を満たしておこう。

「でも、少し心配です。あの子は人に甘えるのが苦手でしたから。時には理由がなくとも、人を頼っていいのですよ」

祖母はそう言って俺の頭を撫《な》でる。

その力はとても弱々しく、かつて俺も体感した死の気配が漂《ただよ》う。

それでもどこか重みと温かさを感じるのは、前世の俺よりもずっと重厚な人生を送っているからだろう。肉体と精神が一致《いっち》しているというか、刻まれた皺《しわ》の深みが違う。

お母様という素晴らしい女性を育て上げた祖母には心配をかけたくない。

俺は良い笑顔を浮かべて答える。

「お母さんすっごく優しいよ。……お父さんも」

「ふふふ。そうですね、貴方《あなた》のお母さんとお父さんがいれば、心配ありませんね。麗華さんはあの人に似て愛情深いですし、強さんも家族思いですし」

今の祖母のセリフは少し気になる。

お母様はどこからどう見ても祖母に似ているのだが、今の言い方からすると祖父に似ているらしい。

聞いていいものか一瞬悩むも、この疑問を放置してはずっとモヤモヤするに違いない。子供の無邪気さで聞いてみた。

「お祖父ちゃんはどんな人だったの？」

「とっても愛情深い人で、とっても仕事熱心な人だったのですよ」

「私もぜひ、お聞きしたいです」

親父の一声があったおかげで、詳細な話を聞くことができた。

亡き夫のことを語る祖母は、悲しむどころかとても幸せそうだった。

本物のご令嬢だった祖母に一般人の祖父が一目惚《ひとめぼ》れし、猛《もう》アタックの末に結婚したという。

祖母の父親は反対したそうだが、その反対を押し切って見事に結ばれた二人。

お義父《とう》さんを納得させるために祖父は仕事に励《はげ》み、ベンチャー企業の基幹メンバーとして活躍し、最後には認めてもらったという。その会社が、今では知らぬ者のいない大企業だというのだから驚きだ。

概要を聞いただけでドラマにできそうな展開だった。

それも全ては、愛する祖母のためだというのだから、本当に愛情深い人なのだろう。

早死にしたのは、生き急ぎすぎたせいかもな。

そして、お母様が祖父に似ているという話も理解できた。

親父へアタックを掛けたところとか、息子のために命を懸《か》けようとするところとか、心当たりが多すぎる。

頼むからお母様は長生きしてください。

「兄さん達はお見舞いに来るのですか？」

「いいえ、お仕事が忙しいようです。それでも連絡は取り合っていますよ。最近はビデオ通話がとても便利ですから。麗華さんも、少しくらい顔を見せてください」

お母様にきょうだいがいることは最近聞いたが、今どうしているのかは知らなかった。

お菓子を頂きながら聞き耳を立てた結果、長男の賢さんは祖父の後釜《あとがま》に入ったようで、長女の美麗《みれい》さんは結婚して子供もいるとか。

長男の方も既《すで》に高校生の息子がおり、宮野家の将来は安泰《あんたい》らしい。

しばらくお菓子に夢中になっていた優也がおもむろに祖母へ向き直って言う。

「おばーちゃんもたべよ？」

その手には、優也が好きそうな味のお菓子がのっていた。

「ありがとうございます。あら、美味しいですね」

優也が俺の代わりに孫成分を投入してくれている。

こういう無邪気な好意、俺には真似できない。

「優也さんはどんな遊びが好きですか？」

「ひこーき！」

「紙飛行機のことだよ。僕が札を飛ばして、優也も一緒に飛ばすんだ」

「教えてくれてありがとうございます。紙飛行機ですか、今度折りかたを調べてみますね」

祖母は親父《陰陽師》の親類縁者となったことで、こちらの世界を知ることとなった。

そういう話をしてもいい数少ない相手だ。

陰陽師《おんみょうじ》の勉強に精を出していることや、親父の仕事を手伝っていること、幼稚園で友達ができたことなど、俺は祖母に聞かれるがまま答えた。

優也も拙《つたな》いながらに答えている。

祖母は俺達の話を聞くたび、眩《まぶ》しそうに目を細めた。

その気持ちが少しだけ理解できる。

時と共に可能性が擦り減っていく身に、数多《あまた》の未来が待っている子供は眩しすぎるのだ。

不可逆なはずのその変化を、俺は何の奇跡かもう一度やり直すことができた。

あらためて二度目の人生に感謝せねば。

祖母と孫、母と娘、義母と義息子、これまで会えなかった時間を埋めるかのように話していれば、あっという間に面会時間の終わりが近づいてきた。

「それでは、そろそろお暇《いとま》します」

「もっとお話ししていたかったのですが、仕方ありませんね。今度はビデオ通話でお話ししましょう」

祖母とのお別れに少ししんみりした気持ちになった。

しかし、それも一瞬のこと。デジタル社会に順応している祖母にとって、距離なんて大した問題ではなかった。

帰り際、親父がポケットから何かを取り出す。

「以前お渡ししたものは効力が切れています。こちらをどうぞ」

祖母へ渡されたそれは小さな御守り――陰陽師が作る〝守護の御守り〟である。

この御守りは、持ち主の周りから過度な陰気を打ち消す効果を持つ。例えるなら空気清浄機のようなものだ。

当然ながら、神の祝福を受けた本物の御守りよりも格段に力は劣る。それでも、滅多《めった》に手に入らない本物よりお手軽に購入できるとして、陰陽師謹製の御守りはその手の界隈《かいわい》で重宝されている。

プロの陰陽師が本気で作った御守りは、脅威度《きょういど》4の妖怪すら近づくのを躊躇《ためら》わせるという。

なお、お値段によって効果は変わります。

なるほど、祖母へ何かお礼をしたいと思っていたが、これはいい。

初歩的な守護の御守りなら俺でも作れる。

「お父さん、僕も御守りあげたい。いい？」

「墨は用意していない」

つまり、「作ること自体は問題ない」ということか。

なら早速取り掛かるとしよう。

「お祖母ちゃん、ボールペン借りるね」

「はい、ご自由にどうぞ」

祖母は興味津々で俺の御守り作りを眺めている。

陰陽師が仕事をする光景など、滅多に見られるものではないから、それも当然の反応だろう。

御守りにおいて最も大切な中身のお札、これ自体はおんみょーじちゃんねるでも紹介されるほど普及《ふきゅう》している。

妖怪や霊的脅威から人類を守る陰陽師業界において、その根源となる陰気の除去は至上命令といえよう。

ゆえに、御守りの作り方は遥《はる》か昔から陰陽師達の間で共有されている。

俺はメモ帳の隣《となり》に置いてあったボールペンを手に取り、インクに霊素《れいそ》を充塡《じゅうてん》していく。

陰陽師が使う特別製の墨とは違い、ただのインクはものすごく霊力保持力が低く、充塡した側《そば》から抜けてしまう。

しかし、込める霊力を霊素に変えれば、その問題は軽減できる。精錬工程の上流ほど保持力は高くなるのだ。

家で試して判明したこの事実、親父は知らない。ゆえに、傍《はた》から見れば霊力でゴリ押ししているように見えるらしく、いたく感心された。

「よく霊力が尽きないな……」

「霊力だけはあるから」

悔しいことに、親父の御守りの方が性能は良い。

字は俺の方が綺麗だと思うのだが、どうにも陣の形や何らかの要点を捉《とら》える方が陰陽術的に重要なようだ。親父が作ったものは一年くらい余裕で持つというのに、俺の御守りは三ヶ月経《た》った頃、いつの間にか霊力が切れてしまっていた。

曰《いわ》く「霊力が漏《も》れている」とのこと。

さすがに、多少勉強を頑張ったところでプロの経験を上回ることはできないらしい。

そんな親父の御守りがあるのだから、俺の御守りは所詮《しょせん》オマケ程度でしかない。

第陸《宝》精錬霊素《玉》をオマケの御守りに使うのは勿体《もったい》なさすぎる。

ここは霊素で十分だろう。

その代わりといってはなんだが、せめて気持ちを込めさせてもらう。

祖母がいなければお母様は存在せず、ひいては俺が転生することもなかった。

孫に無償の愛情を与えてくれる祖母へ、感謝と、少しでも長い安寧《あんねい》の時を！

気持ちを込めながら陣を描く。

本来筆と墨で描くべき陣をボールペンで書くのは難しい。自由自在な太さと濃淡《のうたん》を再現できないから。

できる限り要点を守って陣を描き、大量の霊素をインクにギュンギュン込めていく。

「まぁ……！」

祖母が目を丸くしている。

四歳でこれだけ漢字をスラスラ書ける子供は希少だから、それも仕方がない。

効果は下がるものの、御守りという小面積へ陣を描くには、ペン先の細いボールペンは最適だった。

ほどなくして陣が完成する。

後は使用済みの御守りからガワを貰《もら》い、中身を詰め替え、祖母に渡せば……素敵な孫からの贈り物になる。

「はい、お祖母《ばあ》ちゃん。あげる」

「まぁ、まぁまぁまぁ！　ありがとうございます。大切にしますね」

「効果が切れたら新しいのに換《か》えるよ」

この喜びよう、宝物としてずっと大切に持っていそうだ。

紙もインクも専用のものではないので、長持ちしないし効果も相応のはず。本当に気持ち程度の品でしかない。

すごく喜んでもらえたのは嬉しいのだが、ちょっと申し訳ない気持ちになる。

今度は家でしっかりしたものを作ってプレゼントしよう。

俺達は今度こそ病室を後にした。

結局、なぜこれまで俺達が祖母に会いに行かなかったのか、その理由は分からないままだ。

分かったところで何がどうなるということもないが……。

とりあえず、これで親戚関係があらかた判明した。前世よりもずっと少ない分、大切にしていきたいものだ。

◇◇◇

「なんで俺が怪我《けが》するんだよ……。俺が何したってんだよ……」

とある病室の一角。

消灯時間をすぎてなお、眠りにつかない青年がいた。

足の怪我で入院している彼に何があったかは分からない。

しかし、頭まで被《かぶ》った布団の中、頬《ほお》を伝う涙はとても熱く、大人になって初めて失ったことに気が付く〝若さ〟に満《み》ち溢《あふ》れている。

「あとちょっとだったのに……。このまま頑張れば、ぜったい選ばれたのに……」

眩しいくらい輝く情熱も、いつまでも美しいままではいられない。

強すぎる思いは、時として暴走してしまう。

陰と陽は表裏一体。

正しい熱意だったからこそ、躊躇うことなくどこまでも膨《ふく》らんだ。その肥大化した情熱は今まさに、反転しようとしていた。

「クソッ、大会なんて中止になればいいのに。何もかも滅茶苦茶になって、それで……！」

「うるせぇ！　静かにしろ！」

彼の病室は六人部屋だった。

一人で青春するのは構わないが、夜中にボソボソ聞こえる声はことのほか眠りを邪魔するもの。

我慢していた同室の人達もストレスの限界だった。

「はぁ？　あんたのいびきの方がうるせぇんだけど⁉　俺に説教する資格ねぇよ！」

「お前らどっちも黙《や》れ。早く寝ろ」

「お前は歯ぎしり止めろよな。うるさくて眠れねぇ」

「んだとこのジジイ⁉」

切っ掛けなんて些細《ささい》なものだ。
どんな大きな事件も、小さな積み重ねの上に成り立つ。
世界を恨むような強い呪いなんて必要ない。
睡眠不足や騒音問題のような小さなストレスが、積もり積もって今日を迎えた。
しっかりと陰陽師による結界が築かれている病院。その真上に、そいつは誕生した。

第七話　新しい宝物

真夜中の病室。

今年に入ってようやく顔を見ることができた孫達とビデオ通話をし、満足気に眠る壮年の女性がいた。

取り留めのない夢を見ていた美代《みよ》は、何の前触れもなく薄《う》っすらと意識が覚醒《かくせい》した。

(まだ夜ですね。もう少し寝ましょう)

スマホを確認すれば、草木も眠る丑三《うしみ》つ時。

歳《とし》を取るごとに眠りが浅くなり、最近は一晩に何度も目を覚ますことも珍しくない。

お手洗いの予兆を感じなかった彼女は、再び微睡《まどろ》みの中へ入りかけ——強烈な寒気に襲われた。

(……！　……これは、何でしょうか)

体調不良というわけではない。ここのところかなり調子が良いくらいだ。

それに、今の寒気は美代が生きてきて、これまで感じたことのない類《たぐい》のものだった。

嫌な予感は次第に強くなっていく。

まさかこれが死の予兆だろうか、まだ死にたくない、もう少しだけ子供達の未来を見守りたい、そんな思いが溢《あふ》れ出《だ》し、ネガティブな思考に呑《の》まれていく。

普段の彼女であれば、「来るべきものが来ただけ。久しぶりに夫に会えますね」と言いながら、心穏やかに迎えられたはずの死が、今は恐ろしくて堪《たま》らない。

（……誰？）

自分以外誰もいないはずの病室に、気配が生まれた。

真《ま》っ暗《くら》な病室の入り口、そこに何かがいる。

頭をゆっくり入り口の方へ向けると、そこに見えたのは――

「私のお迎えに来たのですか」

「…………」

――死神がいた。

漆黒《しっこく》のローブを身に纏《まと》い、淡い光源しかない病室において怪しく輝く刃《やいば》を担《かつ》いだ、死神と形容するほかない何かがいた。

死を想像していた美代にとって、それは最も恐ろしい存在である。

無意識のうちに呼吸が荒くなっていく。

どこかへ逃げたくても、満足に歩く力すらない。

ナースコールへ手を伸ばしたら、今はじっとしている死の化身も、それをきっかけに襲い掛かってくるかもしれない。

彼女の目に映る死神には、そんな不気味さがあった。

静かな病室に老婆《ろうば》の絶望が満ちていく。

最近物忘れの増えた彼女だが、命の危機に瀕《ひん》し、急ピッチで脳みそに血液が送られる。

(そうでした!)

シナプスが奇跡的に繫《つな》がり、美代は直近の記憶から光明を得た。

藁《わら》にも縋《すが》る思いで伸ばした手は、確かに彼女を救う最良の道具を摑《つか》んだ。

手に触れたのは二つの御守り。

一つは義息子がくれた力作。

もう一つは、孫が目の前で作ってくれた、一番新しい宝物。

年甲斐《としがい》もないと内心で自嘲《じちょう》しながら、何度も取り出しては宝物を眺めている彼女は、ポケットの中ですぐさま前者を探り当てた。

掛け布団の中から恐る恐る御守りを出せば、入り口に佇《たたず》んでいた死神は僅《わず》かに怯《ひる》むような様子を見せる。

これは……効いている。

目の前の存在がいったい何なのか、美代には全く分からない。

末娘が遭遇したという妖怪。それと同じ神出鬼没さではあるが、年老いた自分なら、死神が迎えに来たっておかしくはない。

御守りという心の拠《よ》り所《どころ》を得たことにより、美代はそんなことを考える余裕が生まれた。

美代がホッと息をついたその瞬間、死神は肩に担いでいた鎌を一振りして――

「ああっ」

美代の手の中にあった御守りは、真《ま》っ二《ぷた》つに斬られていた。

彼女の手に傷は一切なく、不気味な風と共に御守りだけが破壊された。

少し遅れて病室のカーテンが暴れ出す。

強《つよし》の作った御守りは、その本来の役目を超《こ》え、陰気によって殺傷力が与えられた風を無力化した。

（どうしましょう……どうしましょう……）

心の拠り所を失った彼女はより強い不安に襲われた。

視線が病室内を駆け巡り、指が震え、心臓が破裂しそうなほど拍動する。

されど、そんな彼女に選択肢など残されていない。

人によって生み出された妖怪が望むはただ一つ。

人を苦しめ、殺すことだけ。

抗《あらが》う術《すべ》を持たない只人《ただびと》が、その殺意から逃れることはできない。

死神はゆっくりと近づきながら、鎌を振り上げる。獲物が自らの死を認識できるよう、刃を見せつけるかの如《ごと》く。

美代はその動作を見つめることしかできなかった。加速する思考が見せるのは、幸せな家族達の未来。

その中には当然、ようやく見《まみ》えた孫達の笑顔も含まれていた。

幸せそうな家族達の向こうには、誰よりも自分を愛してくれた彼もいた。妻にだけ向ける最高の笑顔を浮かべながら、彼は口を開く。

それは、ことあるごとに尋ねてくる彼の口癖のようなもの。

（君は今、幸せかい？）

とうとう目の前まで近づかれ、高々と振りかぶった鎌が振り下ろされる。

彼女の首に死の気配が触れた。

死神は漆黒のローブの下で存在しない顔を愉悦《ゆえつ》に染め――

「もう少しだけ待っていて。欲が出てしまったの。見守りたい、心配な子がいるの」

その言葉は間違いなく届いた。死者の魂は天へと昇り輪廻転生《りんねてんせい》するという摂理《せつり》を超え、彼女の想いは間違いなく彼へと繋がった。

彼はいつも通り頷《うなず》く。

どんなわがままも、彼は受け入れてくれた。

美代にだけわかる二人のやり取り。

いつの間にか恐怖は薄れ、腰元から温かさを感じていることに、彼女は気が付いた。

……！

死を齎《もたら》す禍々《まがまが》しい鎌の接近に反応するものがあった。

美代が取り出すのを止めた孫からの贈り物。

布団の中から強烈な光が零《こぼ》れだす。

その源は見習い陰陽師《おんみょうじ》の込めた霊素《れいそ》である。陰気を打ち消す陣が効果を発揮し、溢れ出した莫大な霊素は、与えられた役目を果たすべく死神へ殺到した。

圧倒的優位に立っていたはずの死神は光の奔流《ほんりゅう》に呑まれ——姿を消した。

現れた時と同じように、一切の痕跡を残すことなく、一瞬で。

「……ぁ」

気の抜けた美代はそのまま眠りについた。

長い悪夢はようやく終わり、朝までぐっすりと休むことができた。

目を覚ました彼女は、意識がはっきりすると真っ先にポケットを探る。

「やっぱり……」

目覚めた瞬間はすべて夢かと思ったが、御守りの中の黒く煤《すす》けた紙切れと、真っ二つになって布団の上に散らばる御守りを見れば、あれは現実であったのだと理解できる。

「貴方《あなた》が守ってくれたのですね。ありがとう」

美代が思い出すのは孫が御守りを作ってくれた時の光景。

まだまだ幼い子供の手習いだと思っていた彼女は驚いた。

陣を描くその姿は真剣そのもの。その姿を見て思い出したのは、全力で仕事に励《はげ》む若かりし頃の夫の横顔であった。

その時の御守りが自分を守ってくれたのだ。

あの恐ろしい死神から逃れられた理由として、何の違和感もなく受け入れられた。

「今度、あの子にお礼をしなければなりませんね。何か欲しいものがないか聞いてみましょう」

美代は充電が完了したスマホを手に取り、末娘との個人チャットを開く。

亡き夫の面影を宿す孫の喜ぶ姿を思い浮かべながら。

第八話　巻き込まれし凡人陰陽師

「なに⁉」

静かに始まり、静かに終わった病院での大事件。

時を同じくして、真夜中の寝室で布団をはねあげ、寝ぼける暇もなく一瞬にして覚醒《かくせい》した男がいた。

混乱する頭を叩き、現状を整理した男はすぐさま対応を開始した。

「もしもし、私○○県■□市の市里《いちさと》と申します。同市内にある□△病院の結界が破られました。脅威度《きょういど》3以上、4以下と推定されます。おそらく殺人型。直ちに近隣陰陽師《おんみょうじ》の出動をお願いいたします。陰陽師登録番号は……」

まずは陰陽庁の緊急妖怪対策課《EYC》へ連絡し、現地へ陰陽師を派遣してもらう。

今回のように妖怪の発生が明確なときは、知覚した陰陽師に報告義務が発生するのだ。

「くそっ、よりによって俺の担当で発生しやがった」

市里は舌打ちしながらスマホを優しく放り投げた。

全力で叩きつけたくなった心を、修理費用という名の良心が引き留めたのだ。

ようやく知名度が上がってきた彼にとって、無駄な出費は避けたいところである。

その代わりとでもいうように、リビングへ向かった彼は電灯の紐《ひも》を乱雑に引っ張り、室内物干しにぶら下げたままの服へ着替え始める。

「鍵と、スマホは……あぁ、くそっ」

一度寝室へ戻り、現代の必須装備品をポケットに突っ込んだ。

陰陽師衣装の上にロングコートを羽織り、準備完了。

マイカーに乗り込んだ彼は、煌々《こうこう》と光るヘッドライトを頼りに夜道を走り抜ける。

「ああっ、ったく。とことんついてねぇ」

車道を独占していた市里は、ここまで一度も止まることなく進むも、あと少しというところで赤信号に捕まってしまった。

なんでここは点滅信号じゃないのか、そんな理不尽な怒りが信号へ向けられる。

逸《はや》る心を鎮め、青になると同時にアクセルを踏み込んだ。

現場に着くと、そこには既《すで》に三人の陰陽師が集まっていた。

二人は顔馴染《かおなじ》みだが、残り一人はあまり見ない顔だ。

集会で挨拶《あいさつ》をした記憶はあるのだが……。

「遅くなって申し訳ありません。□△病院担当の市里です」

「市里さん、お疲れ様です。私達も今来たところです」

「今回は私の不手際でご迷惑をお掛けして――」

「挨拶をしている暇はない。発生地点を教えろ」

市里の謝罪を遮《さえぎ》ったのは、この場で唯一あまり面識のない男。

年齢は市里より少し上くらいに思われるが、眉間《みけん》に刻まれた皺《しわ》と疲れたような顔で一回り上に見える。

男はかなり焦《あせ》っているようで、発言した次の瞬間には瞑想《めいそう》状態に戻ってしまった。

「連れが悪いな。この病院にはこいつの関係者が入院しているんだ」

そう言って馴《な》れ馴《な》れしく肩を叩いてきた男。

普段なら鬱陶《うっとう》しく思うそのノリも、尊敬する相手にされたのなら別だ。

「殿部《でんべ》さんにまでご迷惑をお掛けして、大変申し訳ございません。しかし、殿部家は出動要請の範囲外では？」

殿部家は、この地域に住む結界術を継承する家系の間では有名だ。

並の結界術よりも一段上の性能を誇り、県庁の仕事も任せられるような、歴史と実績がある御家なのだ。

それこそまさに市里の目指す陰陽師像である。

「こいつに叩き起こされてな。ついて来てやったんだ。『厄介《やっかい》なことが起こっているかもしれない』って言うから来てみれば、本当に妖怪が出たみたいじゃねぇか」

殿部曰《いわ》く、連れの男は峡部家《きょうぶけ》の当主らしいが、市里にはピンとこなかった。

関東陰陽師会よりも、別の組織主体で活動しているのだろう。

殿部家とどういう繋《つな》がりがあるのか気になるところだが、今はそんなことを聞いている場合じゃなかった。

言い方こそ腹立たしいものの、峡部の指摘はもっともだ。

一刻も早く妖怪の位置を特定し、被害が広がる前に四人で退治しなければならない。

こうしている今も被害者が増えているだろう。

瞑想している峡部は十の小さな召喚陣を起動していた。

それだけで、彼が召喚術の使い手であり、病院内に式神を向かわせていることが分かる。

本来自分がすべき偵察を代行してもらっているのだ、頭を下げずにはいられない。

「結界が破られたのは霊安室の上空。一瞬で破壊されたことから、殺人型だと思われます。私の結界は3《脅威度》までならしばらく耐えられるので、瘴気《しょうき》が検知されていないことを加味して、4以下だと思われます」

いち早く情報を共有しようと、市里は早口で伝えた。

顔馴染みの陰陽師が要点をメモし、瞑想中の峡部の肩を叩き、見せてくれる。

すると、式神が一斉に霊安室の近くへ移動し始めた。

市里にはその様子が見えないが、もしも見ることができたなら、峡部家と殿部家の間で付き合いがある理由も理解できることだろう。

建物内に妖怪が入り込んだ場合、事前に敵の位置を把握《はあく》することが肝要《かんよう》となる。

脅威度2や3ならいざ知らず、4ともなれば出会い頭の不意打ちで死ぬ危険性が高い。特に、殺人型はその名の通り、直接的に人を害するタイプの妖怪だ。その凶刃は、たった一撃でも致命傷となり得る。

さっそく自分も偵察を——と、懐《ふところ》から偵察用の札を取り出したところで殿部に声を掛けられた。

「なぁ、念のために確認したいんだが、本当に妖怪が出たのか？」

「……？　……えぇ、間違いありません。私の結界が破壊されましたから」

「それは俺も確認してる。だがよ、どうにも妖怪の臭《にお》いがしないんだよな」

陰陽師には霊力以外にも必要な才能がある。

それは霊感だ。

霊を見たり、聞いたり、気配を感じ取ったり、痕跡を発見したり、とにかく様々な方法で霊的存在を感知する能力のことである。

人によって才能の高さも感知方法も変わり、殿部は見るだけでなく、臭いで妖怪の存在を感知できるらしい。

目に見えない範囲にいても、臭いで先に敵を捕捉することができる。戦いを生業《なりわい》とする陰陽師にとって、霊感は強ければ強いほど良い。

「4がいるにしちゃあ臭いが弱すぎる。だが、結界は確かに破壊されている。となると、どっか別の場所に移動した可能性もあるな」

殿部の予想を聞いた顔馴染みが、それを否定する。

「それこそないでしょう。弱っている入院患者《獲物》を放ってどこかへ行くなんて、ありえない」

「普通はそうなんだが、この病院にいるとは思えねぇんだよなぁ……。殺人型だろ？　強《つよし》がこんだけ探しても出てこないってことは、そもそもいないとしか考えられねぇ」

脅威度4の殺人型であれば、間違いなく派手に暴れまわっているはず。

抵抗できない入院患者達を虐殺し、その殺人衝動を満たしていることだろう。

だが、強の式神達は血の臭いはおろか妖怪の痕跡すら見つけられていない。

偵察を開始して既に二十分以上経《た》つ。ともなれば、いよいよその存在が疑わしくなってくる。

「どこにも見当たらない。さっきの情報は間違いないのだな」

「は、はい！　就寝中だったとはいえ、自分で築いた結界を破られて気付かない陰陽師はいません！」

市里は思わず声を荒らげた。

今回結界を破られた病院の仕事は、彼にとって勝負をかけた大仕事である。

依頼元は地元でも有名な病院。病《やまい》に侵されている患者が集まることから、陰気が溜《た》まりやすい。

実力よりも一段上の依頼だったが、ここで上手《うま》くやれば実績となり、今後斡旋《あっせん》される依頼もそれに見合ったものになる。

この依頼が紹介された時、彼はチャンスだと思った。パッとしない市里家の名を広める絶好の機会であると。たとえ、病院側が経費削減のために、格落ちの安い陰陽師を探していたと知っていても。

依頼料から少し足の出る高価な道具を揃《そろ》え、市里家に伝わる最高の儀式を行い、今自分が築ける最高の結界を作り上げたのだ。

前任者に引けを取らない傑作《けっさく》だと、自信を持って言える。

破壊された時の警報機能も間違いなく組み込んだ。

そんな逸品《いっぴん》を否定されては、駆け出しとはいえプライドが傷つく。

「そうか……」

強い反論を受け、強は思案に沈む。

そんなとき、市里のスマホに連絡が入った。

『こちら緊急妖怪対策課です。市里様の番号でお間違いありませんか』

「はい、市里です。現場に到着しました」

『市里様の報告を受け、占術班《せんじゅつはん》が捜査を行いましたが、近隣に妖怪の反応はありませんでした。先刻の報告は、嘘偽《うそいつわ》りない事実ですか？』

「は？」

何を言われたのか、市里は理解できなかった。

間違いなく現れたはずの妖怪が、いない？

そんなはずはない。

人目につかないようひそかに正門に設置しておいた札が焼き切れていたし、深い眠りを破るほど強い結界消滅の感覚もあった。

これで妖怪が存在しないなんて、ありえない。

誰かが嫌がらせで壊せるほど生半可《なまはんか》な結界ではないし、人為的な原因に心当たりもない。

良くも悪くも市里家は無名なのだ。

「間違いありません。妖怪が出ました。出たはず……なんです……」

しかし、ここに来て彼の自信が揺らいだ。

陰陽庁の占術班が読み違えることはない。

しかも、通報を受け、捜索範囲を限定したときの精度は凄《すさ》まじい。

その占術班が「妖怪はいない」という。

近隣に移動したということもないのであれば〝そもそも妖怪は発生していない〟という結論に至るのは至極当然の流れだ。

命懸けで自分の尻拭《しりぬぐ》いをすることになると思っていた市里は、脅威度4の殺人型と戦わずにすんで安堵《あんど》した。それと同時に、この後の自分の処遇がどうなるのか、頭を抱えることとなった。

市里が項垂《うなだ》れる後ろで、強と籾《もみ》は密談していた。

「なぁ、お前の妖怪が出たって話、どこ情報だ」

緊急妖怪対策課の声はスピーカー機能で共有されていた。

籾は、やはり自分の感覚が正しかったと自信を取り戻すと共に、親友の珍しい勘違《かんちが》いに疑問を抱いた。

そもそも、夜中に訪問して来た時の鬼気迫る様子から、よほどの確信を抱いていることは察していたのだ。

慌てて殿部家の車に乗り込んだため、その確信を尋ねる暇はなかったが。

「聖《ひじり》が、嫌な予感がすると言った」

「……お前、それだけで俺を叩き起こしたのか？　明日は朝一で仕事あるんだぜ」

「いや、聖は私よりも霊感が強い。あの時渡した御守りが……」

「御守り？」

強はそこで言葉を切り、再び瞑想に入った。

召喚陣を通して一匹のネズミ型式神に指示が下る。

これまで美代《みよ》の病室前で待機していたネズミが、矮軀《わいく》に見合わない腕力でスライド式のドアを開け、するりと中へ忍び込んだ。

中に妖怪がいるということもなく、義理の母は静かに眠っている。

妖怪はこの部屋に来ていない。

殺人型の妖怪が襲撃したのならば、部屋中真っ赤《まか》な血で染まっていることだろう。

何も起こっていない平穏な病室。

しかし、だとするとおかしなものがある。

「カーテンが切られている」

ネズミから伝わってくるぼんやりとした光景。

並の召喚術使いならば気が付かない小さな切れ目だが、強はその鋭利な切断面を見逃さなかった。

「ついて来てくれ」

「少しは説明しろ」

念のために妖怪がいないか確認してくると告げ、二人は別行動をとった。

夜勤の病院関係者に許可を取り、美代の病室へ忍び込む。

「こりゃあ、いたな」

病室に入った瞬間、微《かす》かな腐臭が糀の鼻腔《びこう》を襲った。

本体を前にした時とは比べ物にならないほど微かなものだが、悪い意味でフレッシュなこの感じは、少し前までここに妖怪がいたことを知らせてくれる。

「退治されたようだ」

「なんだ、撃退用の陣でも隠してたのか？」

妖怪の残《のこ》り香《が》がありながら、病室の患者が無事ということはそれしか考えられない。

残る可能性としては、流れの陰陽師がたまたま駆け付けたなど、ありえないものだけだ。

「いや、守護の御守りだ」

「あれは妖怪を倒すようなもんじゃないだろ」

強の隣に並んだ籾は、ベッドの上に散らばる切断された御守りを見た。

それはカーテンにつけられた切断面と同じものである。

既に御守りとしての効果すら残っていない。つまり、強の作った御守り以外の何かが妖怪を退治したということ。

心当たりはひとつしかない。

「……私が撃退用の陣を用意していたことにする」

「さっきからお前ひとりで納得して、俺には何が何だか分からねぇんだが……分かった。妖怪は退治されたみてぇだし、そういうことにしておいてやる。後でちゃんと説明しろよ」

二人の現場調査、および証言によって、今回の報告書は以下のようにまとめられた。

・原因は担当陰陽師の陰気霧散《むさん》効果範囲が足りなかったため。

・きっかけは不明、脅威度3の妖怪が病院上空に発生。
・最初のターゲットは発生地点から最も近い病室の患者。
・峡部家が親族のために設置しておいた陣によって退治された。
・被害者0、目撃者1。
・病院経営陣と担当陰陽師には後日、陰陽庁の指導が入る。

殿部家の証言もあり、この事件の調査は簡易的なもので終わった。

もともと病院での低級妖怪発生は珍しくもない。

妖怪の発生件数は近年増加しており、全く被害の出なかった事件に人員を割《さ》けなかった、という事情もある。

美代の精神的負荷を除けば、今回の一件で被害を受けたのはただ一人。

脅威度3の妖怪にあっさり結界を破られたへっぽこ陰陽師、という不名誉な烙印《らくいん》を押された男だけだ。

◇◇◇

『今回の事故に対する改善案を提出していただけますか』

『契約時には病院全域をカバーできるとおっしゃっていましたが、なぜこのような事態に』

『結果的に被害が小さかったからよかったものの、この責任をどう取ってくださるのでしょうか』

「って、大勢で俺を囲んでネチネチネチネチネチ詰《なじ》ってくるんですよ！　俺がこの案件から逃げられないのを知ってて！」

その男は酒を飲みながら泣いていた。

かなりプライドの高いこの男、酒の力をかりてようやく涙を流せている。

世間一般に責任を取る＝辞職、というパターンが多いが、陰陽師界ではそれは推奨されていない。

どれだけ対策していても妖怪が発生する時は発生する。

ならば、その時の反省を活《い》かし、より経験を積んだ陰陽師に引き続き仕事を任せた方が、人類にとって益《えき》となる。

いつの世も戦いを生業とする業界は人員が足りない。陰陽師界は遥《はる》か昔からこの手の失敗に対して寛容なのであった。

しかし、失敗した人間に対して世間の風当たりが強いことに違いはない。

陰陽庁と関東陰陽師会、クライアントである病院経営陣、方々への後始末で彼はここしばらく慌しい日々をすごしていた。

ようやく一段落ついたところで、そんな彼の家を訪ねる者がいた。

「まぁまぁ、被害者が出なかっただけ良かったじゃねぇか。辛《つら》いことは飲んで忘れろ」

同じ結界術を継承する家系の先輩として、殿部が酒を片手に様子を見に来たのだ。

事情があったとはいえ、虚偽《きょぎ》の報告をしてしまった罪滅ぼしも兼《か》ねている。

「脅威度3に破られるなんておかしい……。絶対4だったって……。でもそれだったら被害者いないのはおかしいし……。もう何が起こったたってんだよ」

「何が起こったんだろうな」

殿部は惚《とぼ》けながら市里のコップに酒を注ぐ。

思い出すのは、強から聞いた驚愕《きょうがく》の事実。

(いやはや、聖坊は普通じゃないと思っていたが……。まさかあの歳《とし》で妖怪倒せるレベルになってるとは思わねぇって)

強の推測では、聖が作った御守りが脅威度4相当の妖怪を倒したとのこと。

空気清浄機のような代物《しろもの》と思っていた守護の御守り。

それがまさか、複数の陰陽師が協力して倒すレベルの強敵を倒せるとは、さすがの殿部も予想外だった。

(霊力が異常に多くて、既に複数の召喚陣を描けるほど知識を習得してるとか……ちょ

っと見ない間に成長しすぎだろ）

その異常な霊力によって、守護の御守りの忘れられた効果を発揮したのではないか、というのが強の推測だ。信憑性《しんぴょうせい》は定かでないが、峡部家の古い文献にも〝御守りのおかげで身内を守ることができた〟と記録があったらしい。

どれもこれも確証はないはずだが、強はなぜか確信しているようだった。

少なくとも、病室に残された唯一の可能性が、聖の御守りだけであったことは事実である。

（何か考え込んでやがったなぁ。今回の功績も隠したし、変なことしなけりゃいいんだが）

彼の親友は一人で悩んで一人で決断することが多い。

それは本人の性格だけでなく、両親が亡くなってからそうせざるを得なかったという事情もある。

しかし、大きな決断をする時に限って、毎回なにかしら失敗をやらかす男でもあった。

そんな彼の息子もなにやら危うい様子。

こんなことなら娘の加奈《かな》も一緒にデビューさせてやるべきだったかと、殿部は少し後悔していた。

「聞いてくださいよ、殿部さん。あいつら大勢で囲んでネチネチネチネチネチ詰ってくるんですよ」

「はいはい、聞いてる聞いてる」

「結界を修復したら完全に赤字だし、不名誉な噂《うわさ》が流れるし……もう本当についてねえ」

「陰気霧散効果範囲の高さが足りなかったのは事実だろ。これに懲《こ》りたら感覚だけじゃなく、きちんと計算して結界をだな」

「それはそうなんですけどぉ……でも酷《ひど》いんですよ、あいつら大勢で囲んで」

「はいはい、大変だったたな」

殿部は酔っ払いをあしらいながら、ご近所さんの未来を案ずるのだった。

第九話　捻転殺之札

「聖《ひじり》、今日は極細霊殺陣《ごくさいれいさつじん》と、捻転殺之札《ねんてんさつのふだ》の作り方を教える」

「はい！」

わーい、殺意増し増しだぁ。

これで妖怪をバッタバッタなぎ倒せるぞぉ。

……と、素直に喜べたらよかったのだが。

どうにも親父の様子がおかしい。

これまでずっと攻撃性の低い、安全な陰陽術《おんみょうじゅつ》ばかり教えていたのに、最近になっていきなりラインナップが変わった。

使い方を間違えれば人を傷つけてしまうようなそれらを、子供の俺に教えていいのかと遠回しに尋ねれば――

「お前なら大丈夫だ。幼稚園でも陰陽術を見せびらかしたことはないと聞いている」

そんなことを言って指導を続けた。

まぁ、教えてくれるというのなら、ありがたく教えてもらうとしよう。

俺の学習速度を理解した親父は次々に新しい知識を与えてくれる。

危険な陰陽術から難しい陣の描き方、複雑な儀式の手順まで、指南書の内容を一気に消化するような勢いで。

おかげで俺の知識欲はここしばらく満たされまくっている。

テスト勉強は一時間と長続きしなかったのに、陰陽術に関してだけはいくらでも集中できる。あの日の熱意《ねつい》は未《いま》だに衰《おとろ》えることを知らない。

ただし、効果の苛烈《かれつ》さや費用面で、どれもこれも中庭で実践するのは難しい。特にお金。今は知識だけで満足するとしよう。

「まずは捻転殺之札から。これは〝振動〟と〝回転〟の陣を組み合わせ、十二の楔《くさび》で繋《つな》ぎ、一つの陣として描く。札周辺の空間を歪曲《わいきょく》することができる、シンプルにして強力な札だ。それ故《ゆえ》に、多くの家で様々な捻転殺之札が開発されている」

それ知ってる。

これだけは実践、もとい実戦で使ったこともある。

予習ばっちりですよ。アホみたいに強力ですよね。

「この札を私が最高品質で作れば、脅威度《きょういど》3の災厄《さいやく》型までなら一撃で退治できる。ただし、失敗することも多い。作りが甘いと期待した効果を得られない。保存性も悪い。安定した品質の捻転殺之札を作れるようになれば、札作りのプロと呼べる。札職人として生きていくこともできるだろう」

「へぇー。難しいんだ」

俺が作った捻転殺之札は、試《ため》し撃《う》ちを含め全て役割を果たしてくれた。

つまり、俺の札作成スキルはかなり高いってことでは？

前世では気が付かなかったけど、俺にはそんな才能が眠っていたのか……！

うん、違うな。

山ほど札作りの練習をしてきた俺は、何千枚も不発札を生産してきた。

なんなら未だに燃えるごみを量産している。技術漏洩《ろうえい》の危険があるからリサイクルに出すこともできない。

中庭の一角で焼却処分しているのだ。

そんな俺の作った札が連続で成功した。ということは、別の何かが捻転殺之札の要訣《ようけつ》なのだろう。

「脅威度４以上には効かないの？」

「一撃で倒せなくなるだけだ。傷つけることもできるし、殺人型なら攻撃の軌道を歪《ゆが》めることもできる。応用次第でいくらでも使いようのある札だ。しかし、不安定さを考慮すると、結界の方が防御に向いている。攻撃も陣を用《もち》いた方が確実だ。いざという時の切り札として用意することが多い」

ふむふむ、こういう指南書に載っていない知識は勉強になる。

実戦を経験している陰陽師からしか聞くことができない、貴重な情報だ。

「これがお手本だ。捻転殺之札は発動と共に札が消滅するタイプだ。ゆえに、このお手本通りに作っても失敗する可能性がある。自分で試行錯誤するように。効果範囲は狭《せま》いので、中庭での練習を許可する」

「分かった」

親父が仕事に行っている間、俺は教えてもらった陰陽術を復習している。

教えてもらう数も質も上がったせいで、最近は一週間あっても時間が足りない。

『陰陽術を練習するために幼稚園を休みたい』とお母様にお願いしてみたら、案の定許可が下りなかった。

『勉強を頑張るのは良いですが、お友達と遊ぶことも大切ですよ』

とのこと。

まさか親から『勉強ばっかりしないでもっと遊びなさい』と言われるなんて思いもしなかった。

逆のセリフは耳にたこができるほど聞いたのに。

陰陽術は勉強というより趣味に近いから、新たな技を覚えられるこの時間は楽しくて仕方がない。

捻転殺之札だけは独学で作ってきたから、親父からコツを教わってより理解が深まった。

そうか、この部分は効果範囲を限定するための綴《つづ》りだったんだ。

「ここの楔が特に重要だ。画数が多いゆえ、陣の形が崩れやすい。筆遣いに注意しろ。……そうだ」

最初の一枚は親父がつきっきりで見てくれる。

二枚目は自由に描かせ、三枚目は気になったところを指摘し、四枚目で大体お手本に近づく。後はひたすら描いて、何も見ずに作れるよう覚えるだけだ。

「今回は特に覚えが早いな」

「……お父さんの教え方がいいからだよ」

実際、親父の教え方は俺に合っている。

構いすぎず、放置しすぎず、ある程度自由にやらせてくれるところがいい。

親子だからなのか、いや、たまたま性格が似ていたのだろう。お互い過度な干渉《かんしょう》を好まない故のやりやすさがある。

親父がさっそく描き上がった四枚目の札を手に取り、出来を確認してくれる。

「よくできている。……新しい筆が手に馴染《なじ》んだようだな」

俺が自信作の評価に満足しつつ強張《こわば》った指を曲げ伸ばししていると、不意にそんなことを言われた。

親父の視線は筆へ注《そそ》がれており、子供が使うには不相応《ふそうおう》な、高級感漂《ただよ》う逸品が筆置きに鎮座《ちんざ》している。

「うん、使い方が分かってきた。でも、まだ少し扱いきれてない気がする」

これはつい最近、御守りのお礼として祖母から贈られたものだ。お母様経由で俺が持っていない必要なものをリサーチしたらしい。

リビングで筆を酷使《こくし》している俺を見て、お母様が親父に相談し、そこから陰陽術具店を紹介されたという。

値段は聞いていないのだが、桐箱の中で紫色のクッションに包まれているこれを見て、安物だと思う者はいないだろう。なんなら桐箱とクッションも何かに使える気がして、俺には捨てられそうもない。

「大切にしなさい。一級品を扱う経験は貴重だ」

箱に入っていた商品説明書によると、筆管は霊脈の上に立つ古樹から自然と落ちた枝が用いられており、鋒《ほう》は羊に似た霊獣の体毛をメインに、陰陽師の才に恵まれた新生児の胎髪《たいはつ》が混ぜられている。

それらの貴重な素材によって霊力の通りがよくなり、陣を描く際にロスなく霊力を伝えられるらしい。墨に込められた霊力と合わせてパワーアップするそうな。

高い性能に加えて、筆管には陣に似た彫刻が施《ほどこ》され、見るだけで高級品であると分かる。

最初は『え、これを墨に浸していいの？　真っ白な毛が汚れちゃうよ？』とおっかなびっくり使っていたが、さすがに慣れてきた。

本来こういう最高品質の筆は実印同様、いざという時に使うもの。普段は押し入れに大切にしまい、滅多《めった》に取り出さない。それを練習如《ごと》きに使っているのは、ひとえに祖母の気持ちに応《こた》えるためである。

『一番良さそうなものを選びましたから、これからもお勉強を頑張ってくださいね』

なんて言われて贈られた品を、押し入れにしまうことはできなかった。

親父の言う通り、良いものに触れて一流の感性を養うとしよう。

祖母といえば、嫌な予感がしたあの日から親父の指導方針が変わったような……。

この後は極細霊殺陣の描き方を教わり、今日の陰陽師教育が終わった。

いつもなら二人揃《そろ》ってリビングへ向かい、夕飯まで休憩するのだが、今日はもう少しだけ話があるようだ。

「これまで教えた技術を使えば、お前は妖怪と戦うことができるだろう」

おぉ、親父のお墨付きが貰《もら》えた。ちょっと感動。

いくつもの陰陽術を習得したうえ、四歳の俺にはまだまだ成長できる時間が残されている。

漫然とすごしていた前世とは違い、今世ではやりたいことがたくさんある。これから先、いったいどんな輝かしい未来が待っているのだろうか、想像しただけでワクワクする。

あわよくば最年少で妖怪退治とか、脅威度7妖怪をソロ討伐とか、前人未到の偉業を達成して歴史に名を残せたり……。

そんな俺の浮かれた気持ちを見透《みす》かしたかのように、親父は釘を刺してきた。

「しかし、決して挑むことのないように。まだ教えていないことは山ほどある。知識や力があっても、お前には経験と年齢が足りていない。人が死ぬときは一瞬だ。大人になるまで、決して危険に近づいてはならない。いいな」

親父の目はいつにもまして真剣で、俺は無言で頷《うなず》くことしかできなかった。

以前峡部《きょうぶ》家《け》の過去を話してくれたときと同じく、親父の強い感情が漏れ出ている。もう二度と家族を失いたくないという、強い想いが……。

言われずともわかってるよ。

大人の体と比べたらまだまだできないことが多すぎる。

英雄願望がないといえば嘘《うそ》になるが、万能感に酔いしれて無謀に突っ込むほど子供じゃない。

大人になるまでは、危険に首を突っ込むような真似《まね》はよしておこう。

お母様と優也《ゆうや》にも心配かけちゃうし。

ただ、また影の妖怪みたいなのに襲われたら抗《あらが》わなければならない。

これからも懐《ふところ》に捻転殺之札を忍ばせる生活は続きそうだ。

逃走に使えそうな陣も教わったし、足止め系も――

リビングで優也の相手をしながら、俺は新たに増えた手札を検討するのだった。

第十話　ビニールプール

四歳の夏。

この日はとても暑かった。

外を歩けば一分と待たずに汗が滲《にじ》み、室内にいてもサウナ状態である。

今日はこのままエアコンの効いた快適な部屋でのんびりすごそう。そう思っていたところに、殿部家《でんべけ》からお誘いが来た。

「聖《ひじり》、加奈《かな》ちゃんと一緒にプールで遊びませんか」

スマホ片手にお母様がそんな提案をしてくる。裕子《ゆうこ》さんから連絡があったのだろう。

この辺りにレジャープールなんてあったっけ。

「加奈ちゃんのお父さんがプールを用意してくれるそうですよ」

一瞬、殿部家の敷地にプライベートプールを建設する光景が浮かんだ。

『パパ、プールほしい！』

『よーし、造ってやる！』

という流れで。

娘を溺愛《できあい》する籾《もみ》さんなら、ありえないこともない。

霊獣の卵は無理でも、籾さんの収入ならプライベートプールくらい用意できる。

……なんてな。

「さぁ、準備しましょうか。優也《ゆうや》～お出かけしますよ～」

現実的にそんなことあるわけもなく、殿部家の中庭にはビニールプールがセットされていた。

「おっ、来たか」

「本日はお誘いいただきありがとうございます。二人ともプールを楽しみにしています」

お母様の社交辞令で大人達の会話が続く。

優也は初めてのビニールプールだからよく分かっていないし、俺は楽しみにしていない。

いい歳《とし》こいた大人がビニールプールで遊びたいと思うはずもないが、お母様が既《すで》に水着を用意していたから、その期待に応《こた》えざるを得なかった。

籾さんがポンプを踏んで空気を入れているのは、ホームセンターのチラシで目玉商品になりそうなくらい立派なプールだ。

数万円、下手すれば十数万円するような立派な奴《やつ》。

「すぐに空気入れるからな。待ってろよ～」

たくましい脚が上下するたび、ジワジワその全貌が露《あら》わになる。

ふと、前世の子供時代が思い出された。チラシを見て羨《うらや》んでいた大きなプール。日本の狭《せま》い土地とお値段を考慮すれば、アメリカンサイズのそれを購入に踏み切る家庭はごく少数だろう。

我が家も例に漏れず『また今度ね』と誤魔化《ごまか》されているうちに夏が終わった。

いつしかプールより体が大きくなり、その魅力を感じなくなっていたが……。

そうだ、俺の体は子供に戻ったんだった。

ビニールがどんどん膨《ふく》らみ、俺の背丈よりも大きい滑り台を形作る。

公園の遊具よりもチャチなのに、どうしてだろうか、あの頃のワクワクが甦《よみがえ》ってくる。

「よしっ、完成だ！　水を張るから、その間にお前達は着替えてこい」

リビングに移動した俺達は、母親に手伝ってもらいながら水着へ着替える。

まだまだお子様な加奈ちゃんは恥じらうことなく服を脱ぎ捨てた。裕子さんに手伝ってもらい、お気に入りの水着を身に纏《まと》った彼女はご機嫌である。

「かわいい？」

教育番組で覚えたポーズを決めながら、俺に感想を求めてきた。

子供って何をしても微笑《ほほえ》ましいな。

「うん、かわいいよ」

「むふー」

俺のリップサービスに、殿部のお姫様は満足していただけたご様子。

優也と同じタイミングで要君《かなめ》も着替えが終わり、子供達は我先にと中庭へ駆けていく。

裕子さんの「転ぶわよ！」という忠告も、プールに夢中な子供達には届かなかった。

「「「わー」」」

「「「きゃー」」」

俺はお母様達と一緒にのんびり歩いて向かうと、既《すで》にプール開きが終わっていた。

冷たい水に足をつけ、水面《みなも》を叩いてはしゃぐ子供達。

見ているだけで元気を分けてもらえる光景だ。

「聖も遊んできていいですよ」

なんとなく混ざるタイミングを失っていた俺は、お母様に背を押されて中庭に出た。

プールの天辺《てっぺん》にはこれから滑り台で遊ぼうとする要君がいる。

今の俺にとっては見上げなきゃいけない高さだ。

「おっきい」

「いいだろ〜。店で一番高いやつを買ったからな。ほれ、ジャーンプ」

籾さんに持ち上げてもらい、四歳児には少し高い壁を越える。

中に入れば、巨大なレジャー施設にでも来たような光景が目の前に。

ビニール製の滑り台に加え、メインプールの隣《となり》にはサブプールが連結している。

大人規模でこれを再現するには、専用の施設を造らないと無理だろう。

子供だからこそ輝いて見えるビニールプールの魅力に、心が躍る。

いつの間にか忘れていたあの頃のワクワクが甦ってきた。

頭の中の冷静な部分が「所詮《しょせん》ビニールプールだ、大したことない」とか言っても気にしない。

数十年越しに叶《かな》った夢を楽しまないなんて損《そん》だろう。

俺は童心に返って水遊びに興《きょう》じた。

「えい！」

「きゃっ、えひひ、お返し！」

「お兄ちゃん倒そう！」

「いーよー」

勢いに任せて全員に水をかけた結果、俺VS子供達の戦いが始まった。

予想よりも子供達の攻撃が激しくて呼吸がしづらい。この容赦《ようしゃ》のなさ、子供特有の残酷さを感じる。

俺が普通の子供だったら泣き出すところだぞ。

そんな楽しむ子供達を見て、構って貰《もら》えず寂《さび》しくなった大人が一人いた。

シャワーヘッドを持って娘の後ろに立った彼は、ゆっくり引き金を引く。

「そら！」

「「きゃー！」」

一瞬にして籾さんVS子供達の構図が出来上がった。

籾さんはシャワーを霧状にしたり、雨のように降らせたりと多彩な攻撃を繰り出す。

一方、子供達は両手で水を掬《すく》い、全力で籾さんを狙う。

子供達に構って貰えた籾さんは満足そうだ。びしょ濡《ぬ》れだけど。

「降参、参った！　いやぁ、お前達強いな」

「「やったー！」」

戯《おど》ける大人の姿を見て、子供達は無邪気に勝利を喜んでいる。

俺も今は子供なのに、大人を振り回す子供達のパワフルさにはつい瞠目《どうもく》してしまう。

戦線離脱した籾さんはホースの先をプールに突っ込み、近くに置いてあった段ボール箱を持ってきた。

今度は何で楽しませてくれるのかな。

「水鉄砲も用意したぞ」

「人に向けて撃っちゃダメですよ」

「わたしこれにする」

「ゆーやはこれ」

何もないところへ向けて飛ばすだけで喜ぶ加奈ちゃんと優也。

要君も見よう見まねで引き金を引こうとしているが、微妙に力が足りていない。

あぁ、ほら、手伝ってあげるから泣かないで。

「お兄ちゃんと一緒に遊ぼう。ここを持つんだよ。はい、狙って狙って～」

「おぉー！　えへへ～。もっと！」

要君の後ろに座って引き金を補助してあげたら、すぐに笑顔が戻った。

水鉄砲がお気に召したようで、あちこちに向かって撃とうとする。

「おにいちゃん！　ゆーやも！」

構ってほしくなったのか。愛《う》い奴《やつ》め。

片手ずつ弟の相手をするのはなかなか骨が折れる。でも、二人が楽しんでくれているならそれで良し。俺は憧れを実現できた時点で満足だ。

するとそこへ、中庭をひらひら飛ぶ人形代《ひとかたしろ》が現れた。

人形代は俺達をおちょくるように飛び回った後、２ｍほどの距離を維持しながらゆっくり浮かんでいる。

犯人は籾さん……だけじゃなく、裕子さんも協力しているのか。

「こいつに当てられるかな？」

「「わぁ！」」

子供達の目が輝き始めた。

ゆるゆる逃げる人形代を狙って、三丁の鉄砲が水を吹く。

やはり、水鉄砲は的《まと》を用意したほうが盛り上がる。

衆人環視のある海や市民プールではできない、中庭のビニールプールだからこそできるこの遊び——籾さん、今日のために張り切って準備したな？

「おにいちゃん、じゃま」

籾さん渾身《こんしん》のゲームプランは見事に子供達の心をつかみ、俺よりも的当てゲームの方にご執心な我が弟。

お兄ちゃんちょっと悲しい。

要君もこの短期間でコツを摑《つか》んだのか、一人でも撃てるようになっていた。子供の成長は早い。

大人として子供二人の面倒を見たせいか、さっきまでの熱が冷めてしまった。今さら無邪気にはしゃぐこともできないし、どうしよう。

手持《ても》ち無沙汰《ぶさた》になった俺の目の前を、人形代が優雅に躍る。

操縦者《もみさん》に視線を向ければ、挑発的な表情を浮かべているではないか。

いいだろう、受けて立つ。

「ほれほれ、そう簡単には当たらないぞ」

札の速度に水鉄砲が敵《かな》うはずもなく、俺の射撃は的外れな方向へ飛んでいく。速度で敵わないならば先読みするしかない。

籾さんの操作に注目すると、なんとなく癖が見えてきた。

次は右下かな。

「おっと。裕子、悪いけど残りの人形代は任せた。俺は聖坊の相手をする」

UKIWA

「子供相手に熱くなりすぎないでよ」

eスポーツとして大人でもFPSに熱中する時代。たかが水鉄砲と侮《あなど》るなかれ、男同士の戦いは思った以上に白熱した。

籾さんの操作技術はやっぱり繊細だな。結界構築のプロというだけある。

三回しか当てられなかった。

「三回も当てられた……自信失うぜ」

普通の子供ならいざ知らず、俺が相手だからね。右に一回行ったら左に一回行く籾さんの癖に気付けば、当てるのも不可能ではない。結界構築の癖なのかな。

「聖があんなに燥《はしや》ぐところ、久しぶりに見ました。籾さん、裕子さん、今日はありがとうございました」

「いやいや、久しぶりに俺も楽しかったから、気にしなくていいですって」

「聖君と優也君が来てくれたおかげで、うちの子も楽しそうだったし」

籾さん、相変わらずお母様と話すときはちょっとぎこちない。

上流階級オーラに呑《の》まれてる。

裕子さんの言葉には社交辞令も含まれていたが、実際に加奈ちゃん達も楽しんでくれたようだ。

なんせ当人が「プールでまた遊ぼうね！」なんて言ってくる。

来年はまだ一緒に遊んでくれるだろう。

でも、再来年、さらにその先になったら、加奈ちゃんはビニールプールに見向きもしなくなるだろうな。

優也と要君もどんどん成長していく。

一緒に遊べるひとときを、大切にすごさないといけない。

小学校へ入学すれば、少しずつ自由な時間を奪われ、みんなで集まれる機会もどんどん減っていき、新しい出会いに夢中になってしまうだろう。

夏の終わりが見えてきたせいか、そんなことを考えてしまう。

「うん、また遊ぼう」

俺の返事には少しだけセンチメンタルな気持ちが込められていたが、加奈ちゃんがそれに気が付くことはなかった——。

「きゃー！　あはは！　ひじり、ひとかたしろ飛ばして！」

「はーい」

気が付かないとは思っていたけど、まさか、翌日も同じ遊びをするつもりだったとは。

思った以上にスパンが短い。

加奈ちゃん、ビニールプールにめちゃくちゃ嵌《はま》ってるじゃん。

籾さんの代役を任された俺は、もう少し続く夏の思い出を楽しむのだった。

第十一話　お遊戯会

幼稚園生活が完全に日常へと組み込まれ、同級生も年長組も全員顔見知りになった頃。

数ある行事の中でも指折りのビッグイベントが始まろうとしていた。

「はーい、みんな静かにしようね。お友達がたくさんいるから、お話ししたくなるのは分かるけど、これから先生、大切なお話するよ～」

体操の時間で使われる大部屋。

そこに年中組がクラスの垣根《かきね》を越えて集められた。

授業中に隣《となり》のクラスのお友達と会えるこの状況、普段とは違う特別な空気を感じ取った園児達が興奮するのも無理はない。

中身が大人な俺はもちろん、お行儀よく先生に注目している。

そもそも、運動会やお泊り会とは違って、このイベントは俺達が主役ではない。それを知っている俺が、無邪気な同級生達と一緒に盛り上がれるはずもない。

「これから、お遊戯会の配役を決めまーす」

親にとってのビッグイベント――お遊戯会。

可愛《かわい》い子供達が一生懸命演技する姿を観劇し、子の成長を目の当たりにして親が感激するイベントだ。

「年中さんの皆には〝桃太郎〟の劇をしてもらいたいと思います。皆、桃太郎知ってる？」

「「しってる～！」」

そりゃあ、ここ数週間何度も読み聞かせしてますからね。そうでなくとも、桃太郎ほど有名な童話を知らない人はいない。

先生方の仕込みは万全である。

先生は〝劇〟というものがどういうものか説明し、園児達は自分がこれからどんなことをするのかイメージを膨《ふく》らませ、ついに本題である配役の時間が始まった。

「桃太郎役をやりたい人！」

「はい！」「はい」「はいはーい」

「はーい」「はい‼」「俺もやりたい！」

男子達がこぞって手を挙げる。いや、女子も一人いた。

物語の主役、劇で一番目立つ役柄だ。

目立ちたがりな陽《よう》キャの卵の大好物、当然の人気である。

「はーい、それじゃあこの六人が桃太郎ね」

桃太郎六人とかチートすぎるだろう。鬼がかわいそうだ。

子供は主役をやりたいし、自分の子供が主役をやっている方が親も誇らしいだろうし、不和を避《さ》けたい幼稚園としては当然の措置でもある。

こういうところは、俺の幼稚園時代から変わらないらしい。

場面転換ごとに交代するんだろうな。

「次は犬さん役をやりたい人！」

「はい」「はい！」

「わたし犬すきー」

「お猿さん役をやりたい人！」

「はい」「はい」「はい」

「雉《きじ》さん役をやりたい人！」

「おれやりたい」「はーい」「コケコッコー」

配役は順調に進んだ。

希望人数が多すぎた場合はじゃんけんで決め、それぞれやりたい役を手に入れていった。

残るは、目立つのが好きではない自己主張の弱い子供達。

「それじゃあ、鬼さん役やりたい人‼」

「「……………」」

こころなしか強めになった先生の語尾。

だがしかし、その気持ちに応《こた》える者はいない。

それもそうだ、誰が好き好んで悪役を演じるというのだろうか。

毎回物語の中で桃太郎に退治される嫌な奴《やつ》。

〝正義の味方〟と〝悪の一味〟という区分は、子供の頃からしっかりと植え付けられている。

ここまで騒がしかった大部屋が、とたんに静かになってしまった。

先生達もこうなることは予想していたのだろう、どこか悟ったような表情を浮かべていらっしゃる。

さぁ、舞台は整った。

満を持して、俺はここで手を挙げる。

「聖君《ひじりくん》、鬼さん役やってくれるの⁉」

「はい、やります」

「えー、なんでおにやるの？」

休み時間によく遊ぶ男の子が、俺に向かって問いかける。

それはね、きっとお母様が喜ぶからだよ。ついでに親父も。

鬼役が不人気であろうことは予想がついていた。

六人分枠を作られる桃太郎に対して、鬼は一人でもいいように黒板の枠が小さい。

つまり、桃太郎の登場シーンが六人で分割されるのに比べて、鬼は俺一人で独占できるのだ。

桃太郎のお話の中で一番盛り上がる戦闘シーン。

その場面に確実に出演できるうえ、鬼の登場シーンでは確実に注目を集める。

観劇する両親としては、我が子が無難《ぶなん》なお供《とも》役を選ぶよりも、見せ場のある大役を与えられた方が嬉しいに違いない。

やられ役という役柄的不名誉も、幼稚園のお遊戯会程度なら気にならないし、ここは両親へのサービスを優先するとしよう。

こうして俺は、悪役を選ぶ意味が分からない同級生達の不思議そうな視線と、難所を乗り越えられた先生達の感謝の念を受け、鬼を演じることになった。

◇◇◇

ざぶ～ん　ざぶ～ん
水面《みなも》を揺らすのは桃ではない、鬼ヶ島へ向かう船である。
長年使いまわされている大道具だが、観客が大人であることから、その造りは結構しっかりしている。
ざぶ～ん　さぶ～ん
効果音も園児の可愛い声で表現されており、舞台の前に居並ぶ観客達は柔らかい笑みを浮かべている。

既《すで》に多数の子供達が役割を終え、親御さん方は満足気である。

物語も終盤。あとは悪役が成敗《せいばい》されるだけ。

桃太郎一行の乗った船が着岸し、ここで舞台は暗転する。

第五桃太郎と第六桃太郎のドタバタ入れ替わる様子が、舞台袖に控《ひか》える俺からはよく見えた。

足音が消えた頃、桃太郎が決戦に赴《おもむ》く前の勇ましいＢＧＭもフェードアウト。

ここでついに、鬼の出番である。

照明が舞台を照らすと同時、お腹《なか》にズシーンと響いてくる重低音が大部屋を満たした。

俺はステージの床を力強く踏みつけ、足音高らかに登場する。

「鬼ヶ島に来たのは、どこのどいつだ！」

虎柄のパンツを穿《は》き、赤い服を身に纏《まと》う鬼が、張りぼての金棒を振り回し、体を目一杯大きくみせる。

可愛らしい外見を少しでも恐ろしく見せるよう、全力で演技中だ。

幼稚園のお遊戯会などお遊びにすぎない。

しかし、こういうお遊びこそ全力で取り組むべきだと、俺は知っている。

恥ずかしがって中途半端な演技をする方が、観客側からすると見るに堪《た》えない結果となるのだ。

録画された映像を祖母も見るだろうし、両親と弟にはいいところを見せてあげたい。

「ぼくは桃太郎。わるいおにをたいじしにきた」

「できるものならやってみろ！」

園児用の台本故《ゆえ》、セリフ数は少ないし、立ち回りもかなりシンプルだ。

正直言って、一生懸命演じる以外にできることはほとんどない。

この大部屋に人が集まると声はかなり吸収されてしまう。

俺にできることは、一番後ろまで声が届くくらい大きな声を出すことと、少し大げさな動作で分かりやすく演じることだけだ。

「やぁっ！　たぁっ！」

「ぐわぁ」

「わんわん」「うきー」「ケーン」

「うわぁ～、やられた～」

いい大人がこんな大根演技を披露したら失笑ものだが、幼稚園児なら味があっていいだろう。

ただ、親父のスマホに記録された映像は俺のいないところで再生してもらいたい。

「鬼を退治したぞ！」

鬼の財宝を手土産に、第二おじいさんと第二おばあさんの元へ帰る第六桃太郎。

最初の親子と全員中身が変わっている。桃太郎は鬼よりもずっと大変な事実に気が付け。

最後は全員揃《そろ》って一礼。

練習した甲斐《かい》あって、台本通り完璧な舞台となった。

登場シーンではしっかり目立てたし、俺としては満足である。

帰り道は珍しく家族全員揃っての帰宅となった。しかも、今日は加奈《かな》ちゃんたち殿部《でんべ》家《け》も一緒だ。

「加奈ちゃんの桃太郎、可愛かったわよ」

「うちのお姫様は可愛いうえに格好《かっこ》良くて、もはや無敵だな！」

「うふ～」

文字通り今日の主役だった加奈ちゃんは、みんなに褒《ほ》め倒《たお》され、自慢げな表情を浮かべている。

照れ隠しに弟くんの頭を撫《な》でている姿が微笑《ほほえ》ましい。

「聖も立派に鬼を演じていて、格好良かったですよ」

「ありがとう」

「どいつだぁ！　やってみろぉ！　あはははは」

優也《ゆうや》はさっそく俺の真似《まね》をしている。それくらい印象に残ったということだろう。

来年は優也が先生達の救世主になるかもしれない。

さて、この場にはまだ感想を言っていない人物が一人いる。

ほれほれ、いつもの仏頂面《ぶっちょうづら》を崩してデレてみろ。

「貴方《あなた》も感想を言ってあげてください」

お母様に促《うなが》された親父は、まっすぐ前を見つめていた視線を俺に向ける。

その目はとても力強く、お遊戯会を観《み》た後の父親の顔ではなかった。

それはまるで、死地へ向かう戦士のようで……。

「あぁ……お前の一生懸命な姿に、背中を押された気分だ。次こそは、奴との決着をつけるとしよう」

「お前、またやるつもりなのか？」

「あぁ。今度は本気だ」

なんだ、何の話だ。

奴って誰のことだ？

「次でダメならば、もう諦《あきら》める。聖、次はお前も連れて行く」

だから、何の話だ……。

その謎はすぐに解けることとなる。

二週間後の日曜日、俺は親父に連れられて山奥の訓練場へと向かった。

準備を整えた親父は陣の中心に立ち、宣言する。

「これより、鬼退治を始める」

第十二話　鬼退治

まだ太陽が顔を出し切っていない早朝、峡部家《きょうぶけ》は玄関に集まっていた。

「行ってくる」

「行ってきます」

「いってらっしゃい。暗くなる前に帰ってきてくださいね」

お母様に見送られ、俺達は朝早くから出立する。

目的地は、親父の雇用主である御剣家《みつるぎけ》の所有する訓練場。

何をするのかは聞けていない。

親父はここ二週間ほど、日の出と共に家を出て、夕飯を食べたら気絶するように眠る生活を送っていた。

疲れ切った顔に反して目はギラギラしており、ダルそうなのに動きに乱れはない。霊力切れの時に見られる症状だ。

毎日帰ってくるということは普段と違う仕事をしているのだろうが、それが何なのか聞ける様子ではなかった。

お遊戯会の帰り道で言っていたことに関係があるんだろうな、ということしか分からない。

「ゆうやも行～きた～い～」

「お父さんとお兄ちゃんは遊びに行くのではありません。お仕事に行くのですよ。優也《ゆうや》は私とお留守番しましょうね」

お仕事、なのか？

陰陽師《おんみょうじ》関係だから仕事といえば仕事なんだろうが……。

ぐずる優也の声を背に峡部家の敷地を出たところで、俺達を待ち構える者がいた。

「準備できたか。ほれ、さっさと乗れ」

「世話になる」

お遊戯会の帰り道でも何か知っている様子だった殿部家《でんべけ》当主、籾《もみ》さんが愛車と共に俺達を待っていたのだ。

俺も挨拶《あいさつ》をしながら車に乗り込み、籾さんの運転で目的地へ向かう。

「麗華《れいか》さんはなんて？」

赤信号で止まった車内に運転手の声が響く。

親父がピリピリしているせいで、ここまでずっと沈黙が降りていたのだ。

「…………」

「暗くなる前に帰ってきてねって言ってた」

「……それだけか？」

信号が青に変わり、車は再び走り出す。

籾さんが運転に集中し、会話が途切《とぎ》れてしまった。

せっかくこの暗い空気を変えようとしてくれたのだ、俺も何か話すとしよう。

「ねぇ籾さん、訓練場に行って何するの？」

「何って、鬼退治だろ。……は？　まさか強《つよし》、お前何も説明してないのか⁉」

「……してなかったか？」

してないよ。

勝手に背中を押されて、勝手に準備して、勝手に連れてこられたんだよ。

「ってことは、麗華さん何も知らずに二人を送り出したってのか。聖坊《ひじりぼう》の職場体験か何かとでも思ってるんじゃねぇか？　大怪我《おおけが》して帰ったら心配するだろ」

「危険なのはいつものことだ」

「気が張ってるのは分かるけどよ。またお前の悪い癖が出てるぞ」

決着をつけるというセリフから、戦いに行くのかなとは予想していた。

けれど、俺が予想しているよりも危険なことをしに行くようだ。

鬼退治……鬼って実在したのか。

今更ながら説明していなかったことに気が付いた親父は、今日の目的を話してくれた。

「……峡部家の成人の儀を執り行う。我が家に伝わる鬼の式神との契約だ」

「その鬼ってのがまた脳筋な奴《やつ》でな。弱い奴には従わないんだと。そんで契約の前に戦って、力を示さなきゃならない」

これからその戦いの舞台に向かう、ということか。

契約というより動物界の権力闘争だな。

「鬼に限った話ではない。力ある式神は総じて主《あるじ》の力量を試《ため》してくる。召喚陣を継承する者は契約を見据《みす》え、常に鍛錬《たんれん》を怠《おこた》ってはならない」

これまでいろんなことを教わってきたが、召喚術に関してだけはほとんど教えてくれなかった。

峡部家の秘術だから最後に教えるとのことで、継承云々《うんぬん》以前の問題なのだ。

成人の儀があること自体知らなかった。

我が家の新たな風習に関心を抱いていると、ふと疑問が浮かぶ。

〝誕生の儀〟が誕生してすぐ行われるのに対し、〝成人の儀〟は三十代で行われるものなのだろうか。親父の年齢はキリの良い数字でもないし、大昔なら十代で成人していたはず。

これはおかしい。

「成人の儀って、何歳でやるの？」

「それは……」

「おっ、着いたぞ」

親父が答えを言う前に、俺達は目的地へ到着した。

車で一時間ほどの距離にある自然豊かな土地。

途中から民家は疎《まばら》になり、山間に拓《ひら》かれた果樹園らしき風景が増えた。

車とほとんどすれ違うこともなく、発展状況と比較してかなり立派な道路が目的地まで延々と続いていた。

つまり、目の前にある五階建てビルの所有者は、田舎にインフラ整備を優先させられるほどの権力を持つということだ。

殿部家の車は広大な駐車場の一角に駐《と》められた。

広い駐車場はガラガラで、従業員のものとみられる自家用車と、マイクロバスが六台ほど駐まっているのみ。

日曜だから社員は休みなのだろう。平日にはここが一杯になるのかもしれない。

少し気後れしながら、大人の後ろについて中に入る。

エントランスを見渡して最初に感じたのは、新築特有の清潔感だ。

飾り気のない質実剛健な外観に違《たが》わず、内装も質素で、お役所風な造りとなっていた。

「おはようございます！　こちらに必要事項をご記入ください」

受付の女性が朝早くから元気のいい挨拶《あいさつ》で迎えてくれた。

親父達は慣れた様子で挨拶し、書類を受け取る。

背伸びしながら書類を覗《のぞ》いてみれば、訓練場の入場申請と、責任免責書を書いているらしい。

バンジージャンプとか、危険なことをする前に書くあれだ。

これからすることを考えたら当然の流れだが、そんな書類を書くことに慣れていいものなのか……。

「……はい、確認いたしました。お気を付けてご利用ください。……頑張ってくださいね」

親父がこれから何をするのか知っているのだろう、受付さんの個人的な応援と共に送りだされた。

手続きを終え、このまま訓練場とやらに向かうのかと思いきや、まだ他に寄る場所があるようだ。

籾さんの車に戻り、再び山道を突き進んでいく。

木々の密度が増し、いよいよ周囲から人の気配が消え、目に映る人工物がめっきり減った頃、拓かれた土地に最近見慣れた日本家屋が見えてきた。

こちらもビルと同じく質実剛健というか……簡素というか……規模こそ安倍家《あべけ》に引けを取らないものの、華やかさの感じられない造りである。日本庭園もないし。

代わりといっては何だが、隣《となり》には年季の入った道場らしき建物があり、ここの当主の人柄が窺《うかが》えるようだ。

「来たか強！　待っておったぞ！」

その道場らしき立派な建物から、一人の老人が大声と共に姿を現した。

紺色の剣道着を纏《まと》い、右手には鞘《さや》に収められた刀が握られている。スキンヘッドが朝日を反射し、彫《ほ》りの深い顔をさらに厳《いか》めしく感じさせる。

既《すで》に定年退職していそうな外見なのに、その体は活力が満ち満ちており、離れたこの場所からでも彼が今なお現役であると見て取れる。

「いよいよか！」

「はい、お陰様で戦場が整いました。全て御剣様のご協力——」

「よいよい、そんなことよりも目先の戦いに集中しろ。儂《わし》は決戦へ赴《おもむ》く戦友に激励を送りたかっただけだ。お主のことだから、変に考え込んで硬くなっているのであろう。もっと肩の力を抜け！」

「……はい」

珍しいものを見た。

仏頂面《ぶっちょうづら》がデフォルトの親父が、外で気恥ずかしそうな表情を浮かべている。

肩をバンバン叩かれて……こういう体育会系のノリ苦手だろうに。

「今回もお主が見届け人を務《つと》めるか。言うまでもないが、タイミングを見誤るなよ」

「ご無沙汰《ぶさた》しております。強も本気のようですので、いざという時までは見守るつもりです」

「それでよい」

籾さんも知り合いのようだ。

ここまでの会話を聞けばこの老人が誰かは想像がつく。

親父の雇用主にして御剣家の先代当主、当主の座を譲ってなお前線で戦う絶対的リーダー、御剣縁武《えんぶ》様に違いない。

「ほぅ、その童《わらべ》が自慢の息子か。……なるほど、あながち誇張でもなさそうだ。今度稽古をつけてやろう。時間ができたら連れてこい」

「はじめまして、峡部 聖です。よろしくお願いします」

あー、ダメだ。

俺この人と合わない。

自分の話したいことをガンガン押し付けてくる感じが苦手だ。

部下を導く上司としては頼もしいが、個人的な付き合いはご遠慮《えんりょ》願う。

武家《ぶけ》の稽古って言ったら絶対にハードだろうし、そんなことするよりも陰陽術《おんみようじゆつ》の練習を……。

「はい。落ち着いた頃合いに、また連れて参ります」

ですよねー、上司のお誘いを断れるわけありませんよね。

思いのほか親父の仕事先がアットホームだった。普通、会長職が一社員の息子を気に掛けたりしないだろう。

求人広告に〝アットホームな職場です〟と記載があったら、大抵の人はブラック企業を連想する。死ぬ可能性があることを加味したら、親父の職場も間違いなくブラックだ。

その分金払いは良いようだし、戦友としてここまで信頼を築けるなら、あながち悪くないのかもしれないが。

「戦闘以外の余計な事は忘れろ。盛大に暴れてこい」

「はい」

言いたいことを言い終えた御剣様は建物へ戻っていった。

嵐のような人だったな。

まともに会話すらできなかったが、言動そのものが彼の性格を表していた。

安倍家当主が人の上に立つ威圧的オーラを纏っていたのに対し、御剣様は周囲を巻き込んで突き進む歴戦の強者っぽいオーラを感じた。

どちらにせよ、凡人な俺は彼らの傍《そば》にいるだけで萎縮《いしゅく》してしまう。

「行くぞ」

手続きや挨拶はこれで終わりのようだ。

いよいよ決戦の時、気合の入った顔で親父が歩き出した。

◇◇◇

再び籾さんの車に乗って山道を進んでいく。御剣家の御屋敷の向こう、山を下った先に訓練場はあった。

　山間を造成して作られた広大な平地。

　大人数での訓練を想定しているのか、俺が想像していたよりもずっと広い。

　そして、その広大な土地を覆うように超巨大なブルーシートが何枚も敷かれていた。

「なにこれ」

　親父と籾さんはそのブルーシートを慎重に外し始める。

　ブルーシートを畳み終えた籾さんは、車の近くで待つ俺の隣へ戻ってきた。

　俺の疑問が顔に出ていたのだろう、何を聞かずとも籾さんは解説してくれた。

「地面に直接描くタイプの陣は濡《ぬ》れると効果が下がるからな。ブルーシートを敷いて濡れないようにしてたんだ。山の天気は変わりやすい。知ってるか？　今日みたいに晴れてても、突然雨が降ってきたりするんだ」

　あぁ、そういえば親父も陣の指導でそんなこと言ってたっけ。

　それを聞いたときは「墨汁が滲《にじ》むから当たり前だろ」とか思っていたが……。

　中庭で練習できる陣がほとんどないせいで、もっぱら札の練習をしている俺は、一目見てすぐには思い至らなかった。

　知識と経験の差、座学だけではこういうところが欠けるんだよな。いい勉強になった。

　山の天気は知っているが、ここはとりあえず子供らしく驚いておこう。生まれ変わってから山に来たの、今回が初めてだし。

「そうなの？」

「おう、本当だ。それに、山だと霧が出たり、朝露が降りたりする。水《すい》を司《つかさど》る陰陽術なら効果が増したりするが……式神相手には意味ないからなぁ」

一部の陰陽術には五行思想《木火土金水》に基《もと》づく属性があったりする。

某ポケットサイズのモンスターで有名な相性のようなものだ。

だがしかし、鬼は妖怪ではなく式神なので、この相性は適用されない。

「どんな攻撃なら効くの？」

「それは戦いを見れば分かる。ほれ、今はそんなことよりも、親父が準備しているところを見学してこい」

それもそうだ。

陰陽師の戦いは始まる前に終わっている。

貴重な準備風景をしっかり見学しなければ。

「……む」

「逆茂木《さかもぎ》陣だよね」

「そうだ」

踏み固められた地面に溝が掘ってあり、そこへ今まさに墨汁が流し込まれている。

親父が作っているのは、地面から巨大な植物の槍《やり》が逆茂木のように飛び出す木属性の陣だ。

いったいどこから植物が発生し、どうやって硬い地面を突き破って急成長するのかは、誰にも分からない。そもそも陣を壊すと消えてしまうため、実在すら怪しい。

大地に直接描くことで霊力の浸透を促進する効果があるのだが、紙ならいざ知らず、地面に筆で半径1m規模の陣を描くのは大変すぎる。

峡部家ではお手軽さを優先し、このタイプの陣は水差しを傾けて溝に墨汁を流すことで形成するのだ。

「たくさん墨を使うんだね」

「あぁ」

惜《お》しみなく注がれているこの墨、結構値が張るんだよな。仕事部屋に落ちていた領収書を拾って、俺は目を見開いた。

俺が練習用に使っている市販の墨とは違い、親父が仕事で使っている墨は専門店で購入しているものだ。

俺の筆を売っていた専門店というだけあって、当然墨汁も陰陽術に最適化されており、消耗品とは思えない程の高額で取引されている。

それをこんな贅沢《ぜいたく》に……って、今はそんな貧乏性発揮している場合じゃなかった。

「ふーん、中庭に縮小版を描いた時とは違って、溝から溢《あふ》れるくらい注《そそ》ぐのか。

「輪郭《りんかく》がぼやけていいの？」

「欠ける方が危険だ」

陣が未完成だったから戦闘中に不発しました、なんてシャレにならない。

多少効果が落ちても確実に成功することを優先するのだろう。

逆茂木陣を作り終えた親父は十歩ほど離れた場所へ移動し、再びしゃがみ込む。

そこには先ほどと同じく既に溝が刻まれており、後は墨汁を流すだけとなっている。

ここ二週間何をしているのかと思ったら、これを準備していたのか。

それにしても、とんでもなく大きい陣だ。逆茂木陣とは比べ物にならない。こんなの俺は知らな……あっ。

「これってもしかして、天岩戸《あまのいわと》？」

「そうだ」

後衛系陰陽師御用達《ごようたし》の結界の一種――天岩戸。

非物質だったり、地面を隆起させて洞窟作ったり、物凄《ものすご》くバリエーションがあるという。

陰陽師は基本的に後衛なので当然の発展とも言える。

召喚術を継承する陰陽師も例外ではない。

式神に前衛を任せ、自分は結界に隠れて後ろから援護に徹する。

召喚主が死んだら式神も消えるのだから当然の戦略である。

「地面に描くってことは、洞窟作るの？」

「物理的な結界の方が有効だ」

天岩戸なんて御大層な名前が付いているが、強度自体は陰陽師の力量と手間にかかっているので名前負けすることが多い。それでも伝説に肖《あやか》ることで結界の強度が増すのだという。

様々な形があれど、天岩戸の伝説通り、洞窟を作るやり方こそがその力を十全に発揮でき、他の結界より強力な守りを得られるというわけだ。

ただし、これは本当に手間のかかる結界で、予《あらかじ》め敵と戦うことが分かっていて、なおかつしっかり準備を整えられる時間があるときにしか使えない。

地面を隆起させて洞窟生成という、重機規模の変化を実現するのだから当然ともいえよう。

つまり、今回の戦いには最適な結界ということである。

「我らを照らし給《たま》う太陽を司る女神——天照大御神《あまてらすおおみかみ》よ。怒れる天下《あまのした》の主者《きみたるもの》を受け入れし不動なる洞穴《どうけつ》を今ここに。暴虐の化身より我が身を護《まも》り給え」

親父の詠唱が終わると、陣を刻まれた大地からメキメキ岩が生えてくる。

その光景は正しく魔法のようで、今度俺もやってみようと心に決めた。

完成した洞窟は結構大きい。大人が五人くらい入れる広さだ。

入り口には大きな岩が人一人通れるくらいの隙間を開けて鎮座している。内装は天然の洞窟さながらで、キャンプ場で需要がありそうだな、と思った。

新築の内覧会を終えて外から見てみれば、陰陽術謹製の洞窟は平坦《へいたん》な訓練場のなかで違和感が凄い。

　日がだいぶ昇った頃、ついに戦いの場は整った。

　親父を中心として北東《鬼門》に設置された鬼の召喚陣が輝いている。

　眩《まばゆ》い輝きが、これから現れる敵の強さを表しているようだ。

　そんな強敵に相対するのは十の式神。

　犬、猿、雉《きじ》、ネズミ、ネズミ、ネズミ、ネズミ、ネズミ、ネズミ、ネズミ。

　鬼退治のお供《とも》、プラス齧歯類《げっしるい》。

　むしろネズミの召喚陣の方が専有面積広いのはどういうことだ。

　天岩戸の中が召喚陣を描いた紙で埋まってしまっているぞ。

「――我、霊力を糧《かて》に異界と縁を繋《つな》ぎ、汝《なんじ》と契約を結ばんとする者。峡部家当主が呼び掛けに応《こた》え、我が前に姿を見せよ！」

　長い詠唱が終わった。

　この戦いの主役、式神達の主は、召喚者用の陣の中で戦意に満ちた姿を見せている。

　普段とは違う力強い声がこの戦いへ向ける覚悟を表しているようだ。

「籾さん、あれって大丈夫なの？」

「まぁ、霊力を使いまくったからな。かなりダルいだろうが、戦いになればそれも吹っ飛ぶ」

　戦意と覚悟は十分だが、どうにも顔色が悪い。

霊力の使い過ぎで活力が激減している状態だ。

ここ二週間の親父を思い出せば、この状態でも動くことは可能なのだろう。

だが、これから格上の相手と戦うにしては頼りなさすぎる。

「手伝っちゃダメなの？」

「『式神を従えるには己の力を示さなければならない。他人の力をかりるのはご法度《はっと》だ』とか言ってたぞ。詳しくは知らないけどな」

いつもみたいに霊力注入を手伝おうとして親父に止められたのはそのせいか。準備段階なら式神も見てないし、バレないいんじゃないかと思うけど。

俺達の視線の先で召喚陣がひときわ強く輝きだした。

親父が立っている召喚者用の陣と比べて遥《はる》かに巨大な召喚陣。

この二つの陣は一本の線で繋がっている。式神達が存在する異界と人間界の繋がりを意味する線だ。召喚者が注ぐ霊力を糧に世界を繋げているらしい。

『召喚術は世界と世界を繋ぐという、人知を超《こ》えた奇跡の御業《みわざ》なのだ』

召喚陣を描きながら親父が教えてくれた。

そんな異界の来訪者が、溢れる光の中から姿を現す。

上背《うわぜい》3ｍの巨軀《きょく》にゴリゴリの筋肉の鎧《よろい》を身に纏い、漆黒《しっこく》の眼球はどこを見ているのか分からない。ぱっと見人型《ひとがた》ではあるが、真っ赤な肌と額から伸びる一本角がこの世界の生き物でないと証明している。

その姿を目にした瞬間、生物としての本能がこの化け物から早く逃げろと叫びだした。

いや、どちらかというとヒョロ男の本能がゴリマッチョの貫禄に萎縮しているような感じか。

親父は前世の俺と同じくらいヒョロい。

陰陽術があるとはいえ、あんな筋肉の権化《ごんげ》に勝てるのだろうか。

「安心しろ。いざという時は俺が結界で助けてやるからよ」

俺の不安を察した籾さんが頼もしい声でそう言ってくれた。

御剣様が立会人とか言っていたが、籾さんはいざという時の護衛でもあるようだ。

でも俺、覚えてますよ。

『いざという時まで見守るつもり』とか言ってましたよね。

いざという時ってどの段階でしょうか。膝に擦り傷できたあたりかな？

「それに、お前の親父は結構強いんだぞ。普段はそう見えないだろうがな」

その言葉と共に籾さんが二つの陣の間に歩み出た。

「これより、峡部強《つよし》の成人の儀を執り行う！　鬼を調伏《ちょうぶく》し、次代の峡部を担う者としてその力量を示せ！」

籾さんは慣れた様子で儀式の開始を宣言した。

この儀式を何度も行っているということがよく分かる光景である。

戦わないはずの籾さんが正装《陰陽師スタイル》なのはこの為か。

そして、本来この役割は先代当主《父親》が行うはずだったのだろう。独り立ちする次期当主《息子》へ向けた、父親からのエールにも聞こえる。

今は亡き父の代わりに親友からの後押しを受け――

――ついに鬼退治が始まった。

◇◇◇

籾さんは立会人としての役割を終え、そそくさとこちらへ戻ってくる。

その間も成人の儀は続いており、鬼と相対している親父が問いかけた。

「我が式神として従うか？」

「ガァァァァ」

交渉決裂するの早っ！

鬼が何を言っているのかさっぱり分からないが、『誰が従うかボケ』と思っているのだけは分かる。

そりゃそうだ、いきなり召喚されて「式神になれ」なんて言われて、大人しく命令に従う奴がいるはずもない。

親父が不器用すぎるから戦闘になるのであって、ちゃんと交渉すれば力量を試《ため》す必要ないのでは？

最初に動いたのは鬼である。

岩塊のような右拳を振り上げ、何もない空間へ殴りかかった。

空振りするかと思われたその拳は、陣の境界線で何かにぶつかり、ガラスが割れるような音を響かせる。それと同時に、召喚陣を描いた紙が大きく破れてしまった。

邪魔な壁を破壊した鬼は召喚陣の外へ足を踏み出す。

召喚陣に備わる檻《おり》の役割が失われたことを確認し、親父は即座に踵《きびす》を返した。予定通り天岩戸の中へ逃げ込むのだ。

当然鬼も親父を追って天岩戸へ向かう。

しかし、その行く手を阻《はば》むものがいた。

「グゥワウルルゥ」

犬型の式神が鬼の脚に噛《か》みつき、その歩みを止めたのだ。

狛犬《こまいぬ》と呼ばれるこの式神は、神社や寺院で見かける像にとてもよく似ている。ただ、そのサイズは中型犬程度と小さく、牙《きば》は人間界においてまともな食生活が送れないレベルで鋭く尖《とが》っている。

親父が契約している唯一の戦闘向き式神とのことで、今回初めてその姿を見た。

これまでは報酬支払用の陣に霊力を注いでいただけだから、直接会ったことがないのだ。

「ツキャ――――」

次に仕掛けたのは白毛のニホンザルに似た式神。

鬼の縮《ちぢ》れた髪にしがみついて必死に注意を引こうとしている。

この式神は白猿《シロザル》と呼ばれており、普段は人間の命令を理解できる賢い監視係として召喚するらしい。

「ケ――ン！」

さらに鬼の頭へ雉が襲い掛かった。

この雉は鳴女《なきめ》と呼ばれていた。由来は知らない。普段は上空からの偵察を担っているという。

目を狙ってくる鬱陶《うっとう》しい敵を追い払おうとして鬼が足を止めたから、思いのほか役に立っている。

猿と雉は戦闘に向いていない。

それでも召喚したのは、天岩戸同様伝承の再現によって縁起を担《かつ》ぎ、鬼退治成功率アップを期待してのことである。陰陽術において〝縁起〟は結構大事だったりするのだ。

一方で、鬼を追い払うと言われている柊鰯《ひいらぎいわし》は効果がないらしい。

そもそも、鬼や狛犬に似ているというだけで、この場にいる式神達は本物の鬼や狛犬ではない。初めて召喚した人間が勝手にそう呼んでいるだけなのだ。

伝承で悪鬼が苦手としている柊鰯を見せられたところで、そっくりさんには何の意味もないに決まっている。

「――封――」

式神達が時間を稼いだおかげで、親父は無事に天岩戸へたどり着いた。

巨大な岩によってすぐさま入り口は閉ざされ、戦場の側面から観戦している俺達には親父の姿が見えなくなってしまった。

しかし、洞窟の中で親父が何をしているのかはすぐさま分かった。

洞窟の外に並べられた札がふわりと浮かび上がったから。

「ガァァァ！」

式神達の妨害を受け、癇癪《かんしゃく》を起こした鬼が大暴れを始めた。

必死にしがみついていた式神達は巻き込まれないようその場を離れ、距離を取る。

地面を伝わり、離れて観戦している俺達のところまでその衝撃が伝わってきた。外見に違わぬパワーの持ち主である。

邪魔者がいなくなり、鬼が天岩戸へ再び歩き出したところで、鬼の足元から光が浮かび上がる。

それは地面に隠された〝紙垂縛鎖陣《しでばくさじん》〟の起動を意味した。

「グゥゥァァァ」

陣の外縁から長大な三枚の紙垂が飛び出し、雷光の速さで鬼の脚と胴体を縛り上げる。

既に俺も教わった拘束系の陣だ。準備に手間がかかる分、その拘束力は折り紙つきである。

さしもの鬼でもその縛りから逃れることはできず、動きを止めた。

その隙に接近する十枚の札。

鬼の目に向かって飛来し、避《さ》ける間もなく轟音《ごうおん》と共に爆《は》ぜた。

霊力をシンプルに燃料として扱う〝焔之札《ほむらのふだ》〟が火を噴いたのだ。

「うまくいったな」

「すごいね。あれで鬼を倒せるの？」

「いや、あの程度じゃ倒せないが、これが幾重に続けば話は違う」

初《しょ》っ端《ぱな》から敵へ背を向けた親父だが、それは逃げるためではない。

安全な場所から確実に攻撃を行うためのポジショニングなのだ。

天岩戸の前には何十何百の札が設置されており、それらには既に親父の霊力が込められている。

札を動かせる距離は人によって違うが、親父は結構遠くまで飛ばせるそうで、安全地帯から延々と攻撃できるというわけだ。

「あのネズミ達は何をしているの？」

「鬼の位置をお前の親父に伝えてるんだ。召喚術師には式神の感覚がなんとなくわかるらしいが、距離感とかを正確に知るには一匹じゃ足りない。ああやって囲むことで、札を飛ばす方向を確認してるんだな」

親父と付き合いの長い籾さんは、俺も知らないような召喚術の知識を持っていた。

本日の成人の儀について、実況は俺、解説は籾さんでお送りします。

「確かに、全部当たってる。でも、あんまり効いてないね」

「相手は妖怪じゃないからな、効きが悪いのは当然だ。それでもいつもよりずっと効いてるぞ。今回はかなり予算奮発したみたいだな」

鬼の腕によってかなりの数が防がれるも、百枚爆発したあたりで顔に微《かす》かな火傷《やけど》が付き始めた。

これでいつもより効いてるとか、過去の戦闘ではノーダメージだったんじゃないか。

そもそも、爆発してもほぼ無傷の鬼の皮膚が異常である。

なるほど確かに、これが式神として味方になったら頼もしいな。

時間と手間のかかる天岩戸を築くより、こいつを前衛にしてその背に守ってもらう方がコスパが良い。

でも、拘束系の陰陽術でここまで無力化されているのを見るに、万能というわけでもなさそうだ。いや、逆か？

「紙垂縛鎖陣《しでばくさじん》って強力なんだね」

足止めに便利とは聞いていたが、まさかこれほどとは。

注連縄《しめなわ》に垂《た》らされたり、御幣《ごへい》につけられている紙垂は、その名の通り紙で作られている。

いくら専門店の道具とはいえ、紙じゃ千切《ちぎ》られるのではと思っていた俺の予想をはるかに上回る拘束力をみせている。

「そりゃあ、祝福された最高級品使ったらどんな陰陽術も強力になるだろ」

ん？

祝福された最高級品？

それってまさか、店売りされていないあの祝福の祭具⁉

おんみょーじチャンネルでやってた！

人類の味方をする一部の神が、祭事を通して祝福を授けるという。

我が家の神棚に飾ってある護符もそのひとつだ。

祝福を受けた道具は総じて凄《すさ》まじい力を持っており、大変高い価値を持つ。

当然、神様がそうほいほい祝福を授けるはずもなく、その希少性も相まってとんでもなく高価な代物《しろもの》である。

よく見ればあの紙垂、神聖な光を放っているような……。

「籾さん籾さん、奮発した予算っていくらくらいかな？」

「あー、いくらだろうな。って、子供が気にすることじゃねぇ。親父の雄姿をちゃんと見てやれ」

いや、金額が気になってそれどころじゃないんですが。

霊獣の卵の時に五千万出した男が奮発したら、いったいいくら使うのか、俺には想像もつかない。

それにここ数分の間、紙垂に動きを止められた鬼が延々と爆撃を喰らっているだけで、戦闘風景は代り映えしない。ダメージも小さいし、金をかけている割には地味な光景である。

派手さを求めているわけではないが、なんというか、このままで本当に勝てるのか疑問だ。

決め手に欠けるというか……。

「ガァァァアアアアア」

それからさらに十分ほど一方的な攻撃が続くも、ついに鬼の抵抗が拘束力を上回った。込めた霊力がほとんど消費されてしまい、神の祝福があっても維持できなくなったのだ。

紙垂を荒々しく破り、鬼がついに自由を手に入れた。

召喚されて早々散々な目に遭った鬼は怒り心頭といったご様子。

式神達がちょっかいを掛けるも、意に介すことなく天岩戸へ接近する。

これまでの戦いで親父は鬼に負け続けている。

過去の戦闘でも当然、親父は結界の中で強力な部類に入る天岩戸を使ってきたに違いない。

岩塊としか表現のしようがない天岩戸から、鬼はどうやって親父を引きずり出したのだろうか……。

　ドガン　バギャッ
　入り口を塞《ふさ》ぐ大岩へ殴りかかり、みるみるうちに破壊していく鬼。

　予想以上に脳筋な手段だった。

　おいおい、天岩戸を力ずくで破壊するとか、ルール違反だろう。

　天照大御神もびっくりの力業《ちからわざ》だぞ。

「すげぇ、三発耐えた！」

「あれでも耐えてる方なの？　もう崩されそ……」

　五発目のパンチで大岩が砕かれた。

　それと同時、洞窟が自壊するように崩れていく。

　自ら陣を破壊したのだろう、開かれた退路から親父が飛び出してきた。

「ガァ！」

「はっ、はっ、くっ、はっ」

　安全圏を失った親父は鬼に追いかけられながら札を飛ばし続ける。

　懐《ふところ》にしまわれていた何種類もの札が鬼の顔面を襲い続けるも、己の頑強さを頼りに鬼は止まることなく前進し続ける。

　足の長さが違うせいであっという間に距離を詰められ、観戦を続ける俺は肝を冷やす。

　あと少しで腕が届きそうになったその時、親父は不意にしゃがみ込んだ。

そこはちょうど俺が見学し始めた場所。

逆茂木陣が刻まれた大地に手をつき、親父は短く詠唱した。

「大地よ、我が敵の進攻を食い止めよ！　急急如律令《きゅうきゅうにょりつりょう》！」

鬼の足元から先の尖った丸太が次々発生し、鬼の巨体をして後ろに下がらせた。

鬼を串刺しにすることこそ叶《かな》わなかったが、陰陽師にとって命に等しい距離を手に入れられたのだから、値千金《あたいせんきん》である。

そうこうしているうちに式神達が親父の傍に集まってくる。

大地から突き出た逆茂木を挟み、第二ラウンドが始まろうとしていた。

準備を見学した限りでは、残りの仕掛けで一方的に攻撃できる状況を作り出すのは難しいように思われる。

親父、大丈夫か？

◇◇◇

逆茂木の向こうから再び札の連射を行う親父。

逆茂木を迂回《うかい》して親父に迫る鬼。

それを迎え撃つ式神達……は、速攻で蹴散らされた。

戦闘は親父の劣勢で再開され、一歩間違えれば即死しかねない、本当の意味での鬼ごっこが始まった。

さっきの攻防を見ていても驚いたが、親父は結構足が速い。

痩《や》せぎすな男がこんなに動けるなんて、人は見かけによらないな。

「大地の防壁よ我を護れ。急急如律令！」

「金の防壁よ我を護れ。急急如律令！」

「金の薄層は広がりて敵を包み隠さん。急急如律令！」

急急如律令便利すぎない？

本来の詠唱だいぶ端折《はしょ》ってるよね。

戦闘中に使うことがあるとは聞いていたが、こんなに連発するものだとは思わなかった。

たしか、詠唱短縮効果によって陣の発動を早め、その代わりに威力や効果が下がるはず。

「ガァァアア！」

まぁ、あの鬼に追われて悠長に詠唱している暇《ひま》もないか。

戦いというと派手で格好《かっこ》いい場面を想像する人が多い。俺も陰陽師になったら華麗な戦いをできるのかなと妄想したものだ。

だが、いま目の前で繰り広げられている戦いは何とも泥臭《どろくさ》い。

親父が走って逃げて、その先に設置した陣を起動して追ってくる鬼と距離を取り、札で攻撃してまた逃げる。その繰り返しだ。

命懸けの戦いに華を求めるのは間違っていたか。

それにしたって、鬼の回避力が高すぎる。親父の設置した陣がことごとくノーダメージで終わっていく。

巨大な陣の描かれた紙には特殊な塩が撒《ま》かれており、この塩によって人外の敵に罠の存在を視認させせないようにできる……らしい。正直半信半疑だった。がっつり見えてるし。

でも、鬼が無防備に罠を踏んでいるあたり、本当なのだろう。

その不可視化された陣が起動する瞬間、なぜか鬼がその場からすぐに退避してしまう。

まるで陣の位置が見えているような……あっ。

「あの鬼、僕達の視線から陣の位置を把握してる」

「言われてみれば、たまにこっち見てるな……。マジか、強の邪魔しちまった」

鬼には見えずとも、俺達からは丸見えである。

戦いの流れを予想しようとしてついつい視線が向かってしまう。

改めて観察してみれば、親父は鬼から視線を逸《そ》らすことなく戦っている。

籾さんと俺の二つの視線から位置を悟られてしまったのかもしれない。

親父、ごめん。

俺達が視線に注意してからは陣による攻撃が鬼に当たり始めた。

もともと頑強な肉体によって耐えられてしまうが、事前に察知されていなければ多少はダメージを負わせることができる。

攻守ともに陣の方が札より高威力なのだ。

「峡部家が始祖、紅葉様《もみじさま》よご覧あれ。峡部家当主強《つよし》が金の祝福を希《こいねが》う。鬼門より来りし難敵に純なる苦土《くど》の洗礼を」

長めの詠唱に加えて印まで結び、せっかく稼いだ距離が詰められてしまった。

この陣は俺も知らない。今日用意したものではなく、事前に用意したものだろう。

陣を中心に地面が海のように揺らぎ、大きな土砂の波が鬼へ襲い掛かった。

回避不可能な範囲攻撃に、鬼はこれまで同様自らのフィジカルでゴリ押ししてきた。

「ガァァァアアアアア」

人間には不可能な荒業で土砂を突き抜け、自身の攻撃範囲に獲物を捉《とら》えた。

これまで募りに募った怒りが鬼の拳に乗せられ、親父に迫る。

「親父！」

俺は無意識に右手から触手を伸ばしていた。

鬼の剛腕が人間に当たればタダではすまない。即死だってありえる。

全速力で鬼と親父の間に割り込もうとした触手は、頭に乗せられた大きな掌《てのひら》によって動きを止めた。

「心配するな。見ろ」

親父は即座に札を操り、簡易結界を張った。

非物質の結界は札だけでお手軽に作れるが、その分脆《もろ》い。

しかも相手は妖怪ではなく式神。効果は半減以下だ。

「ぐぅっ」

予想通り結界はあっさり破壊され、親父はボウリングのピンのようにはね飛ばされてしまった。

多少緩和《かんわ》できたとはいえ、岩をも砕く拳相手に人間がかなうはずもない。

土煙をあげて転がった親父は生きているだろうか。

俺の頭には未《いま》だ籾さんの手が乗っている。これがなければ今すぐ駆け寄っていただろう。

「よく見ろ。お前の親父はまだ負けちゃいない」

籾さんの声を聞き、狭まっていた視界が広がる。

遠く離れたこの場所からでも見て取れた——土煙の向こうにて、右腕を支えに起き上がる親父の顔に浮かぶ、衰えぬ戦意が。

まだ諦《あきら》めていないのなら、式神との契約に他人が手を出してはいけない。

俺は鬼の首元まで伸ばしていた触手を回収した。

「そういえば、さっき父親のことを親父って呼んだか？　俺の話し方は真似《まね》するなよ。麗華さんに怒られちまう」

俺の気を落ち着かせるためか、籾さんはわざとらしくそんなことを言う。

籾さんの気遣いはありがたいが、そんなことよりも、左腕を庇《かば》いふらつきながら立ち上がる親父の方が心配だ。

何か対策をしていたのだろう、盾にした左腕が脱力していること以外に外傷は見られない。予想よりも大事なさそうで安心した。

だとしても、なんでこんな無茶を。

籾さんも、いざという時は今じゃないのか？

ことここに至って、俺は根本的な疑問を抱いた。

「ねぇ籾さん。お父さんはどうして鬼と戦ってるの？　鬼がいなくても仕事できるのに」

あんな危険な戦いに、それも避けることができた戦いに、わざわざ臨《のぞ》む必要はあるのだろうか。

今までだって安定した生活を送れていたはず。

俺からすれば、鬼を従えられるメリットよりも、命の危険というデメリットの方が大きすぎるように思う。

親父はなぜ……。

「俺の知る限りでは三つ理由がある。一つは高校時代からの悲願だったから。もう一つは、前衛がいれば個人で活動できるから。最後の一つは、子供に格好悪いところを見せたくないから、かね。聖坊は将来立派な陰陽師になる。父親として、息子の足を引っ張るのだけは嫌だったんだろうよ」

足を引っ張る？

そう言われてもすぐにはピンとこなかった。

だが、陰陽師という家業の特性を思い出せば、籾さんが何を言わんとしているのかは理解できる。

旧態依然《きゅうたいいぜん》とした陰陽師界では、個人の名前より家の名前が先に出てくる。

数世代にわたる実績がその家の評判となり、長年かけた評判も一度の失敗であっという間に失われてしまう。

落ち目になった家の評判を元に戻すには、地道に信頼を回復するか、よほど大きな実績をあげなければならない。

会社の評判と同じだな。

峡部家先代当主──俺の祖父母の顚末《てんまつ》を聞いたとき、俺に式神を継承できないことを親父は謝っていた。

そして、成人の儀という呼び名を考慮すると、本来峡部家の当主は鬼を従えて初めて一人前と認められるのではないだろうか。

この予想が正しいとすれば、今までの親父は半人前の状態で働いていたことになる。

結構プライドの高い親父にとって、それはコンプレックスだったに違いない。

鬼を従えている祖父《先代当主》の姿を見て育った親父には、あまりにも高い理想が心の中で聳《そび》えていたのだ。

前世の親父は普通のサラリーマンで、俺も全く関係ない仕事に就いたから、失業以外で子供の足を引っ張る可能性に思い至らなかった。

「あの顔は……聖坊、見てろ。何か始まるぞ」

付き合いの長い籾さんは、立ち上がった親父の顔から何か読み取ったようだ。

いつの間にか下を向いていた俺が視線を戻すと、戦況はさらに悪化していた。

もはや走って逃げることもできない親父のすぐ傍に、鬼が近づいている。

数歩踏み出せば簡単に親父をぶち転がせる、鬼にとって必殺の間合いで、獲物が逃げられないことを理解してのゆったりとした足取りであった。

札を当てても無傷、陣も大して効かない、親父の肉体は既に満身創痍《まんしんそうい》。

あの辺りには陣も設置されていない。

籾さん、この状況から親父に何ができると？

この場の誰よりも先に俺が諦めかけたその瞬間。

「急急如律令」

訓練場が、いや、周辺の山一帯が——光に包まれた。

「ガァァァアアアアア!!」

最初に光を放ったのは、親父が飛ばした一枚の札。

それはこの戦いで何度も使われた焔之札で、追い詰められた獲物の苦《くる》し紛《まぎ》れの一撃にしか見えなかった。

これまで同様鬼は顔面で受け止め、無傷で終わる——かに思えた。

俺の予想に反し、炎の赤い光に続き、強烈な白い光が鬼の顔面から放たれる。

その光はやがて鬼の全身へ広がり、さらに戦場の大地へと広がった。

「うわっ！　籾さん、あれは何？」

「さすがに聖坊でも知らないか。さっき『純なる苦土の洗礼を』って言っただろ。苦土っていうのはマグネシウムのことでな。あのでっけぇ陣はさっきぶちまけた土砂にその性質を付与するもんなんだ」

籾さんの解説を聞くまですっかり忘れていたが、理科の授業で教わる内容にマグネシウムの燃焼がある。マグネシウムに火をつけると空気中の酸素と結合し、強い光と熱を発する。昔の写真でフラッシュを焚《た》く際、このマグネシウムの燃焼が利用されていた。

「妖怪相手には効かないことが多いから、みんな知っていても滅多《めった》に使わない陣なんだが……鬼には効果覿面《こうかてきめん》みたいだな」

至近距離で強烈な光を直視した鬼は目を庇いながら後ろへ下がろうとし——動けないことに気が付く。

陣が設置されていないはずの地面から、紙垂が伸びている。

二つ目の紙垂縛鎖陣が何故《なぜ》ここに？

白い光の海の中で、目を瞑《つむ》った親父が指笛を鳴らす。

すると、蹴散らされてから姿の見えなかった狛犬が親父の下へ駆け寄ってきた。

その口には鞘に収められた刀が咥《くわ》えられている。遠目でもなんか強そうな気配を感じる刀だ。

刀を受け取った親父は右手で腰に差し、慣れた手つきで鞘から刀身を抜いた。何か札が貼ってあるように見える。

「お前は優しすぎる。止《とど》めを刺《さ》せる場面でいつも手を抜いていたな。私の顔を覚えていたのかもしれないが……決闘での手加減は相手への侮辱《ぶじょく》に等しい」

戦いが始まってから詠唱以外で一度も口を開かなかった親父が、明朗な声で語りだす。

それはまるで、勝利を確信した者の宣言のようで。

「今の私は、あの頃の私とは違う。召喚者として、峡部家当主として、力を示そう」

親父の言葉と同時、訓練場の周囲からマグネシウムの燃焼とは別の光が溢れ出し、観戦していた俺達はあまりの眩《まぶ》しさに目を瞑ってしまった。

薄目を開けて周囲を観察すると、訓練場を囲む五つの山の頂《いただき》から光柱が天へと昇っているのが見えた。

もしかして、いや、もしかしなくとも、山を起点に超巨大な陣を築いたのか？

「聖、よく見なさい。極細霊殺陣《ごくさいれいさつじん》と捻転殺之札《ねんてんさつのふだ》はこう使う」

親父の声が俺の耳に届いた。

極細霊殺陣――殺意マシマシな名前のわりに補助系の陣である。

札の効果を線状に収束させ、威力を向上させる効果を持つ。

ただ、その効果はそれほど強くなく、捻転殺之札のように強力なものには使えないはず。

親父はその問題を、陣の巨大化によって無理やり克服したようだ。

親父は重いはずの刀を片手で振り上げる。

それはまるで、桃太郎が鬼を退治する場面を再現するようであった。

「侮辱された分、扱《こ》き使《つか》ってやる。覚悟しろ」

言葉の意味が分からずとも、攻撃の気配は感じ取ったのだろう。

鬼は眼前にいる人間の攻撃に対し、自慢の筋肉を引き締めることで備えようとした。

目を庇う状態で腕ごと拘束されている鬼にできる、唯一の抵抗だ。

だが、親父が戦闘中に無駄口を叩くはずもない。

鬼は後ろから無防備な首を斬られ、赤い血をまき散らした。

親父は始めから眼前になどいない。

そこにあるのは地面に置かれたボイスレコーダーだけだ。

強烈な光によって目を潰された鬼は、偽装された声に翻弄《ほんろう》され、まともな抵抗もできずに急所を切り裂かれた。

捻転殺之札が恐ろしいほどの切れ味を持っていることは俺も知っている。

それが刀の刃《やいば》に集中したのならば、鬼の頑強な皮膚をもってしても耐えられないようだ。

地図に描き込める規模の巨大な陣を築く苦労は並大抵ではなかったはずだが、それだけの価値はあったといえよう。

結局のところ、親父の戦いは二週間の準備段階で既に終わっていたというわけだ。

親父が勝った。

◇◇◇

普段冷静な親父が、まさかこんな豪快な手段で鬼の首を取るとは。

親父は一度振り下ろした刀を再度振りかぶり、ダメ押しの一撃を与えようとしている。

その光景を眺めていた俺は、家族を傷つけやがった鬼に対し『ざまぁみろ』という感情を抱くと共に、ふと、影の妖怪と遭遇した日のことを思い出した。

そして、今まさに止めを刺されようとしている鬼の姿が、なぜだか自分と重なった。

「あっ」

「勝ったな」

突然見知らぬ場所に呼び出され、こちらの話もろくに聞かず戦闘が始まり、敵は戦闘準備済み。しかも、負けたら即服従という理不尽のオンパレードを喰らう。

あれ？　召喚術ってとんでもなく外道な技なのでは？

俺が遭遇した影の妖怪、あれってもしかして妖怪じゃなくて……。

俺が嫌な可能性に思い至ったところで、首を失った鬼の体が塵《ちり》となって宙に消えていった。

契約相手の鬼に止め刺しちゃったけど、ここからどうするんだろう。

やっぱり重かったのか、親父は刀を鞘に収めて狛犬に預けていた。

医者じゃないから分からないが、左腕は折れてしまっているのかもしれない。体が動くたびに顔を顰《しか》めている。

称賛すればよいのか、怪我を心配すればよいのか。

親父の下に駆け寄った俺が、なんと声を掛けるべきか言葉に詰まっていると、後から歩いて来た籾さんがものすごく軽い感じで話しかけた。

やけに静かな訓練場に拍手の音が響く。

「ついにやったたな！　おめでとう。それにしても、今回の切り札はいつもより随分豪快だったたな。この規模の陣を築くとか、国家陰陽師部隊でも滅多《めった》にやらねぇぞ」

「これくらいせねば、勝てる気がしなかった」

え、怪我については心配しないの？

いやまぁ、天橋陣《てんきょうじん》以上に大規模な陣は初めて見たから、俺も驚いてるんだけど。

あんなの作ろうとしたら二週間じゃ微塵《みじん》も足りない気がする。

もっと前から構想を練っていたに違いない。

死闘を超えたばかりの親父をいつまでも訓練場に留《とど》めては可哀《かわい》そうである。俺達は再び殿部家の車に乗せてもらい、最初に寄ったビルへ戻ることになった。

そこには古くから武家に仕える医者がいるらしい。

「なんで最初からあの攻撃をしなかったの？」

「これまで通りの流れを再現し、油断させるためだ。最後の攻撃は確実に当てなければならなかった」

「もう数十回は繰り返してきたからな。鬼も『またいつものか』みたいに思ってただろうよ。俺達の視線を探るとか小細工まで覚えやがって」

「それは三年前から気付いていた。ゆえに、二度目の紙垂縛鎖陣は地に埋めた」

傍《はた》から見ている籾さんよりも、実際に戦っている親父の方が先に気が付いていたのか。

それを逆手に取って鬼をさらに油断させた、と。

木板に陣を刻み、予《あらかじ》め霊力を込めてから地中に埋め、親父しか知らないトラップを仕掛ける。敵を騙《だま》すならまずは味方から、を実行したわけだ。

そういうものなのか、と戦闘初心者の俺が感心していると、籾さんが運転しながら呟《つぶや》く。

「でもまぁ、俺の見た限り、最初の拘束で十分な隙を作れてたと思うがな」

「…………」

おい親父、なぜそこで反論しない。

祝福を受けた道具は高価なんだろ。

二発目無駄だったとか言わないよな⁉

「そういや良かったのか？　腕を折られたらしばらく仕事休まなきゃなんねぇだろ。いつもだったらその前に諦めるってのに、随分無茶したな」

「御剣様には許可を頂いている。ありがたいことに、スキルアップの一環として療養中の給金を五割支給してくださることになった」

全額じゃないのね。

いや、家のしきたりで勝手に怪我をした社員に給料を支給してくれるだけありがたいか。

それからも籾さんは親父を揶揄《からか》うように話しかけ続けた。

もしやと思い、隣に座る親父の様子を窺うと、どうにも顔色が悪い。俺の見立て以上に大怪我をしているのかもしれない。

ビルへ戻るのが行きより遅く感じられた。

車を降りた親父はゆっくり体を動かし、一歩一歩地面を踏みしめながら慎重に医務室へ向かった。

俺も入り口までついて行ったのだが、中に入ろうとしたところで籾さんに止められてしまう。

「そんなに心配しなくても大丈夫だ。俺達はエントランスで待ってようぜ」

いや、心配するだろ普通。

今にも倒れそうな家族が隣にいて、平気な顔していられる奴なんているわけがない。

医療施設でもないこのビル内に、どれほどの設備があるというのか。

親父の怪我は治せるのか……。

「気が抜けて痛みだしたんだろう。会話できてたし、死にゃしない」

「もっと大きい病院に連れて行った方がいいんじゃない？」

「なに言ってる。御剣家の医者は日本一だぞ。金持ちがこぞって治療を受けたがるほどだ」

そうなの？

気休めかとも思ったが、籾さんが嘘《うそ》をついているようには見えない。

なんというか、今日は俺の知らないことが多すぎる一日だ。

「聖坊はここで待ってろ。俺はちょっくら電話してくる」

そう言ってスマホを片手にエントランスの隅へ移動する籾さん。

帰宅報告でもするのかな。

親父の治療はいつごろ終わるのか、待っている時間がもどかしい。

しばらくして戻ってきた籾さんといろいろ話している間に一時間がすぎた。

静かなエントランスに靴音が響く。

医務室へ続く廊下の方を見れば、そこにはしっかりとした足取りで歩く親父の姿があった。

「お父さん大丈夫？」

「あぁ、大したことはない」

嘘つけ、ついさっきまで脂汗浮かんでただろ。

だが、今の親父は左腕をギプスで固定されている以外に怪我の痕跡が見られない。

廊下を歩く様子も普段通りだったし、この一時間でどんな治療を受けたのやら。

「思った以上に重傷だったか。しばらくは大人しくしないとな」

「先生と御剣様にも同じ言葉を頂いた」

俺達が待っている間に、御剣様がわざわざお見舞いに来たのか。

やはり親父はここで大切にされているようだ。

もしかすると、祝福を受けた道具類は会社の伝手《つて》を利用したのかもしれない。

ここで意外だったのは籾さんの反応だ。

てっきり「な、大丈夫だったろ？」と籾さんが俺の頭をポンポン叩く流れだと思っていたのだが、眉をひそめて親父のギプスを見つめている。

俺としては、あの鬼に殴られて片腕の骨折だけで済む方が奇跡だと思う。人体から鳴ってはいけない音がしてたし。

帰りの車内で聞いてみた。親父が鬼の一撃を受けて死なずにすんだのは、籾さんが用意した御守りのおかげらしい。

殿部家秘伝の一つで、物理的衝撃を吸収してくれるのだとか。

採算度外視なうえ技術漏洩《ろうえい》の危険があるため、身内以外には作らないという。

「はぁ、傑作だと思ったのによ。まさかあっさり貫通されるとはな」

「おかげで助かった。感謝している」

殿部家といい、御剣家といい、峡部家は環境に恵まれているようだ。

「つっても、次の一撃は御守りじゃどうしようもないけどな。頑張れよ」

「「……？」」

籾さんの意味深な言葉を背に車を降りれば、そこは我が家である。

今日は本当にいろんなことがあった。

まだ日が暮れる前だというのに、さっさと布団に入りたい気分だ。

「「ただいま」」

「おかえりなさい」

玄関をくぐれば、いつものようにお母様がお出迎えしてくれる。

優也は遊び疲れて昼寝中かな。

「疲れたでしょう。お湯を沸かしたので、汗を拭《ぬぐ》いますね」

「……あぁ、頼む」

あれ？　これは、もしや……。

今日親父が何をしに行くか知らなかったはずのお母様が、ギプスにも驚かず、準備万端で出迎えてくれているこの状況は……。

お母様はいつもと変わらない笑顔を浮かべているのに、ひしひしと伝わってくるこの感情は……。

……頼むから離婚だけはやめてくれよ。

親父の第三ラウンドが始まった。

◇◇◇

籾さんがスマホ片手に席を外したとき、電話をかけた相手はお母様だったらしい。

事前に「旦那が怪我したけど心配するな」とでも伝えてくれたのだろう。

「僕お昼寝してくる」

お母様は親父と大切なお話があるようなので、空気の読める四歳児は寝室へと退避した。

子供の前では話しづらいだろうし、夫婦喧嘩《げんか》は犬も食わぬと言うし。

寝室にはすやすや眠る優也がいた。

我が家で起こっている大問題に気付きもせず、幸せそうに口をもごもごさせている。

おやつを食べる夢でも見ているのかな。

こんなに可愛《かわい》らしい子供がいて離婚という結末はないだろう。

「ないとは思うけど……。お母様の実家はお金あるからなぁ」

結局気になった俺は、こっそりリビングへと向かうことにした。

いざという時は無邪気な子供を演じ、子は鎹《かすがい》を体現して仲を取り持つとしよう。夫婦喧嘩をどうすれば止められるのかさっぱり分からないが。

抜き足差し足忍び足。

リビングに近づくと、襖《ふすま》の向こうから微かな声が聞こえてくる。

「〰〰で〰〰た。〰〰〰……」

うーん、親父が喋《しゃべ》っているようだが、なんて言っているのか分からない。

襖にそっと耳を近づけるも、やはり声はくぐもったまま。

これでは中の様子が分からない。どうにか声を聞くことができないだろうか……。

あっ、そういえば、これの実験してなかったな。

俺は耳から触手を伸ばし、襖に先端を密着させた。そして、表面を覆っている重霊素《じゅうれいそ》を解除すれば……。

「〰〰〰——鬼を調伏し、治療を受けて帰ってきた」

おぉ、鮮明に聞こえるようになった。

鋭敏な感覚器官として働く触手なら、糸電話と似たことができるのではないかと考え……いつか試そうとして、そのまま忘れていたアイデアだ。

まさか一発で成功するとは思わなかった。触手の可能性がどこまでも広がっていくな。

俺が盗み聞きを始めたあたりで、ちょうど親父が今日の出来事を語り終えたようだ。

お母様が情報を飲み込む間、リビングに沈黙が降りている。

「成人の儀？　鬼退治？　……今日初めて聞きました」

「……聞かれなかったからな」

おい……おい親父、それは生涯独身だった俺でも言ってはいけないセリフだと分かるぞ。

せっかく見直したところなのに、どれだけ口下手なんだよお前は。

ほら、触手越しでもお母様が泣きそうなのが伝わってきてる！

「それは……！」

惚《ほ》れた弱みというやつか、お母様は親父のために涙を流さなかった。

涙を流して感情のままに訴えたら……親父のことだ、内心あたふたして無言になってしまうだろう。

お母様はそんな親父の性格をよく知っている。

感情的になりそうな心を何とか抑え込み、呼吸を整えたお母様は落ち着いた声で話し始める。

「普段から陰陽師の話題を出そうとしませんし、お仕事に関わることですから、貴方《あなた》が話したくないのだろうと考えて、これまでは敢《あ》えて聞かないようにしてきました。素人の私が口を挟んでも、お仕事の邪魔になってしまうだけだと思っていましたから」

おんみょーじチャンネルを興味津々に見ていたのに、お母様が俺と同じくらい陰陽師の事情に疎かったのはそのせいか。

親父から陰陽師界の話を詳しく聞きたかったけど、あえて聞かなかった。

その結果、お母様のあずかり知らぬところで親父が大怪我してきたというわけだ。

籾さんから電話で事情を聞かされて、めちゃくちゃ心配しただろうな。

「どうして、今日のことを私に相談してくれなかったのですか」

「隠していたわけではない。ただ……余裕がなく、気が回らなかった」

「それほど危険なことをしてきたのですか？　聖を連れて？」

俺を心配してか、お母様の声が鋭くなった。

籾さんがいたから気にしていなかったが、確かにその危険もあったのか？

「未契約の式神が狙うのは召喚主だけだ。聖に危険はない。よほどのことがなければ、私が死ぬこともない」

「よほどのことがあれば死ぬ可能性があったということですね」

親父、殴られるのも計画の内とか言ってたからな。当たり所が悪ければあれだけでも死んでいただろう。

「怪我をしたのは左腕だけですか？」

「いや、肋骨骨折と肺を中心にその他内臓も傷ついていたそうだ。全て治してもらったから問題ない」

え⁉　なんだそれ！

目に見えなかっただけでそんな大怪我していたのかよ！

殿部家の御守りがなかったら本当に死んでたじゃん！

待てよ……今思えば、最近になって陰陽術の指導方針を変えたのは、最悪の場合を想定しての行動ではないだろうか。万が一自分がいなくなっても、峡部家の陰陽術を絶《た》やさないように。

籾さんが立ち会っていたから死ぬ可能性は限りなく低かったが、親父にはその可能性を捨てきれない理由がある。

「そんな大怪我を……っ」

「だから、心配はいらない。左腕以外は既に治っている」

いや、そういう問題じゃないだろ。

医務室に向かう間、親父はそんなボロボロの体で痛みに耐えていたのか……。

分かりやすく血を吐いたりしなかったから、怪我の深刻さを正確に理解できていなかった。

お母様は静かに深呼吸をしながら涙を堪《こら》えた。

親父を説得するため、努めて冷静に言葉を紡ぐ。

「以前、籾さんから伺いました。ご両親が亡くなってからずっと、貴方は峡部家当主として全て一人で決断してきたと。成人前にもかかわらず、誰にも頼らず一人で生きてきたと」

妖怪との戦いにより、親父は突然両親を失っているんだよな……。

俺も前世の両親を看取《みと》ったが、あの喪失感は忘れられない。穏やかにお別れできた俺ですら胸に突き刺さっているのだ、若くして天涯孤独の身となった親父の心情は想像もつかない。

言われてみれば、峡部家に親類縁者はいない。たとえいたとしても、陰陽師界と無関係な者では、保護者としての役割を果たせないだろう。

どういう手続きがあったのか分からないが、祖父母が亡くなってから親父は一人で生きてきたようだ。

それは……大変だったろうな。

前世の俺も就職してから一人暮らしを始めたが、自立するうえでの試練はいくつもあった。手探りでの新生活、初めての労働、役所への届け出、税金の納付、例を挙げればきりがない。

人はただ生きるだけでも大変なのだと、俺はそのとき初めて気が付いた。

それでも俺の場合、実家に帰れば両親を頼ることもできたし、心のどこかで拠《よ》り所《どころ》となっていた。

親父はそんな心の拠り所を失ってすぐ、独り立ちを強制されたのだ。

峡部家次期当主として、成人の儀を行う前に……。

「それがどれだけ大変なことか、私には想像することしかできません。きっと、貴方が今の自分を形成するきっかけとなるくらい、険しい道のりだったのでしょう」

あ、お母様も親父の性格に問題があると思ってたんだ。

まぁ、問題がなかったら今日みたいなことは起こらないか。

「ですが、これからはちゃんと相談してください。私達は家族なのですから……一人で決めないで！」

お母様の主張は最後の一言に詰まっていた。

理性的で具体的な要望は、女性の扱いに慣れていない親父でも理解しやすく、しっかりと受け止めることができた。

それでも、親父の長年積み重ねた思想が、相反する主張を無抵抗で受け入れられるはずもなく。

「だが……私の勤め先は常に危険を伴《ともな》う職場であって」

「お仕事は仕方ありません。私も覚悟しています。仕事へ向かうたび、貴方の無事を神様へお祈りしています。ですが、仕事以外で大怪我をするような危ないことを勝手にしないでください。もしも今日、貴方が突然いなくなったら……私は何も知らず呑気《のんき》に過ごしていたことを、一生後悔することになっていました。残される者の苦しみを、貴方は私より理解していますよね」

「……そうだな」

あっさり論破されていた。

両親を突然失った親父は、お母様の言葉を否定することができない。

お母様はお母様で父親を看取ったことがあり、悲しいことに、この場にいる全員がその気持ちを理解できてしまう。

「絶対に約束してください。これからはどんな些細《ささい》なことでも、きちんと家族に相談すると」

「分かった……分かったから……」

お母様の頬を涙が伝う。堪えていた涙が静かに零《こぼ》れだしたのだろう。

親父が案の定慌てふためいている。

襖越しにそんなリビングの状況が分かる触手の性能凄くないか？

糸電話の比ではなく、空間情報すべてを拾うような精度で向こうの様子が分かるのだが……。耳で聞いているというより、脳内に直接情報が送り込まれてくるような感じだ。

「ぐすっ……それと、また大きな買い物をされたようですね。優也の入園に向けてお金が必要になるこの時期に……私に相談もなく。これからは私が家計を管理します。いいですね」

「あぁ……分かったから、泣かないでくれ」

お母様は俺が思っていた以上に強《したた》かだった。

本命を通した勢いで次の要望も通してしまっている。

普段笑顔なお母様だからこそ、涙の効果は絶大なのだろう。

親父はそれでいいのかよ、と思わなくもないが、ちょくちょく貯金を食いつぶす男に家計を預けておく方が不安だ。

襖の向こうで親父がお母様を抱きしめる音が聞こえてきた。

この様子なら峡部家分裂の心配はなさそうだ。

お行儀の悪い盗み聞きはここらで止《や》めて、寝室へ戻るとしよう。

これ以上ここにいると、両親のイチャラブを見せつけられてしまう。

◇◇◇

鬼退治から三日後の満月の夜。

俺と親父は縁側で月光浴をしていた。

「体大丈夫？」

「あぁ、治してもらったからな」

親父はあの後、日の大半を寝て過ごすようになった。

なんでも、親父の治療をしてくれた御剣家専属医からの指示らしく、見た目元気そうだし、自分でトイレも食事もできるのに、じっとして体力を回復する必要があるのだとか。

縁側に座布団を敷いて胡坐《あぐら》をかく親父の姿を見れば、自己申告通り健康そうに見える。左腕のギプスだけが、親父が怪我人であることを示している。

だから、親父と二人で話すのはあの日以来初めてだったりする。

「くっ」

親父は右手を左腕に当て、何とも言えない辛《つら》そうな表情を浮かべた。

中二病ではない。ギプスの中が痒《かゆ》くなったのだろう。

「あれ取ってくるね」

親父の返事を待たず、俺は寝室に置いてあった細い棒を持ってきた。

親父は「ありがとう」と言葉少なに感謝し、ギプスの隙間に棒を差し込んで腕を掻《か》き始める。

俺はギプスをつけたことがないので知らなかったが、傍目《はため》に見ても不便そうだ。

痒くなるわ、シャワーを浴びるのも準備に手間がかかるわ、寝返りが打てないわで、なかなかに大変そうな生活を送っている。

親父の横顔をちらりと覗《のぞ》く。

腕の痒みを解消して人心地ついたのか、相変わらずの不愛想な顔で月を眺めている。

息子との憩《いこ》いの時間だっていうのに、話題を振ってくることもない。

いや、何を話そうか迷っているように見える。

住宅街は既に眠りについており、我が家の寂れた庭が月明かりに照らされて殊更《ことさら》物悲しい光景を作り出す。

会話が途切れたことであたりは静寂に包まれ、時折吹く夜風が体の熱を奪っていく。

吐く息が僅《わず》かに白く染まり、冬の訪れを感じさせる。

薄雲が一瞬月を覆い隠し、俺は一人考えに沈んだ。

考えるのは、隣に座る男のことだ。

こんなどうしようもないほど不器用な男が、体を張ってまで俺のために頑張ってくれたんだよな。

かっこいい父親であるために、峡部家の名が俺の足を引っ張らないように。

……そこまで期待をかけられると逆に尻込みしてしまうのだが。

転生の優位を最大限活用してスタートダッシュを決めただけで、将来的に同年代の子供達に追いつかれやしないかと内心ビクビクしてるのに。

まぁ……うん……そうだな。

転生直後に死ぬような試練を突き付けてきたり、突然貯金を浪費したり、報連相《ほうれんそう》できなかったり、愛想が悪かったり、ダメなところの多い男だが、クソ親父の称号は撤回してやろう。

正直なところ、俺は最近までこの男を父親として認《みと》め難《がた》いと思っていた。

同じ男として、前世の自分より遥か年下の男を父と認めるのは……なんというか……こう、抵抗感を抱かせるものである。これは理屈というより本能のようなものかもしれない。

前世の父の偉大さを胸に刻んでいるので、なおさらだった。

しかし、しかしだ。

不器用なりにもこの男は俺への愛情を示してくれた。

父として恥ずかしくないよう、男を見せてくれた。

次代へ繋ぐため教え導いてくれた。

物理的に俺より大きい背中が、今になって本当の意味で大きく見える。

育児をしたことのない俺には分からない、様々な葛藤《かっとう》を乗り越えてきたのだろう。

だから、まぁ、うん、そろそろ認めてやってもいいだろう。

「お父さん」

「……なんだ」

わりと頻繁《ひんぱん》に伝えているけれど、こうして改まって言うのはちょっと気恥ずかしいな。

でもまぁ、頑張った父親にはご褒美があるべきだろう。

「いつもありがとね」

「……あぁ」

再び静寂が訪れる。

薄雲はいつの間にか流されており、天高く昇った満月が夜闇を払い、風流とは程遠い我が家の庭を照らし出す。

言いづらいことを言い終えたからか、先ほどと景色が違って見える。

普段は栄枯《えいこ》盛衰《せいすい》を感じさせる物悲しい庭も、月明かりによって生まれた陰影が芸術的な風景を作り出し、とても興味深い。

ボーッと眺めているだけでも右脳が活性化しそうな気がする。

一人ならそれでも良かったが。

「ところで、鬼に止めを刺したあの刀、何？」

「御剣様にお借りしたものだ。何らかの神の祝福を受けていて、私のような素人でも斬れるように——」

やはり、俺達親子の話題は陰陽師関連が一番しっくりくる。

こういう関係もまた、アリなのかもしれない。

第十三話　七五三

幼稚園生活が始まってから半年以上が経過した。

この調子では、あっという間に幼稚園時代が過ぎ去ってしまうだろう。にもかかわらず、俺は今日幼稚園を休んだ。

「それでは撮りますよ。はい笑って～1《いっ》2《ちに》の、3《さ～ん》！」

俺は今、写真スタジオにいる。

コミカルな掛け声に合わせてカメラマンがシャッターを切り、俺はレンズの向こうにいる未来の両親へ向かって最高の笑顔を送った。

養ってもらっている子供として、これくらいのサービスはせねば。

「はい、いい笑顔でしたよ。次はこの刀を持って格好《かっこ》いいポーズを撮ろうか」

子供の扱いに慣れているカメラマンの指示に従い、この後いくつかの写真を撮った。

なぜ幼稚園を休んでわざわざ写真を撮っているのかといえば、俺が五歳になったから。

要するに、七五三のためである。

夏休みのある日のこと。

俺は呉服店へ連れて行かれ、お母様が嬉々《きき》として俺の着物を選び始めた。陰陽師《おんみようじ》の服ならもう持っている。何を探しているのか疑問に思えば、お母様が手に取る着物は、それとは種類の違う格式高そうなものばかりであった。

「聖《ひじり》も大きくなりましたね。昔は五歳になると羽織袴《はおりはかま》を身につけたそうです。今度これを着て、神社へお参りに行きましょう」

裾上げしてもらいながら何のために羽織袴を用意するのか聞いてみて、初めて七五三という行事があることを思い出した。

男なら人生で一度しか経験しないイベントのため、記憶からすっかり抜け落ちていた。お母様はその日のうちに神社へ予約の電話を入れ、今日この日を迎えたわけだ。

「お疲れさまでした。選んでいただいた写真はこちらのSDカードに入っています。登録されたLIN○アカウントにも、つい先ほどデータを送信しましたので、ご確認ください。最後に、こちらがアルバムになります。本日は当店をご利用いただきありがとうございました」

今ってアルバムだけじゃなくて、いろんな方法でデータを貰《もら》えるんだな。

まさか、メッセージアプリにまでデータを送ってくれるとは……。

そのデータはきっと、羽織袴のお金を出してくれた祖母の元へ送られることだろう。

貸衣装ではなく自前の服なので、俺は羽織袴を着たままスタジオを後にする。

両親も普段より上品な服装に身を包んでおり、親父のスーツ姿が新鮮だ。

目的地は我が家からほど近い神社。

今日は過ごしやすい秋晴れで、家族そろってお出かけするには最適な日和《ひより》である。

俺の撮影に合わせて衣装チェンジし、ノリノリで写真を撮ってもらっていた優也《ゆうや》がお母様に尋ねる。

「なにしにいくの～」

「これから神社へお参りに行きます。『神様が見守ってくださったおかげで、お兄ちゃんが無事に大きくなれました。ありがとうございます』と神様に感謝するのですよ」

「ゆーやもお兄ちゃんとおなじの着たい」

「優也が五歳になったら、家族でお参りに行きましょうね」

貸衣装を脱いでいつもの子供服に着替えた我が弟は、店を出てからも変身中の兄が羨《うらや》ましいようである。可愛《かわい》い弟だ。

きっと来年、お下がりとして同じ羽織袴を着ることになるだろう。

今は俺のものを欲しがっているが、いつか『新しい服が欲しい！』と言い出すのだろうか……その時は何の問題もなく買って貰えそうだな。

お母様の家計簿アプリを横から覗《のぞ》いたところ、親父の収入はすごかった。

前世の俺の五倍以上稼いでいた。なけなしのプライドが傷ついた。

正確には、〝成人の儀〟の後に職場へ復帰してからの収入が跳ね上がっており、親父にそれとなく探りを入れたところ――

「鬼が肉壁としてよく働いてくれている」

とのことだった。

成人の儀で塵《ちり》となって消えた鬼だが、再び召喚すれば何事もなかったかのように現れるのが式神というものらしい。

あの強力な鬼が不死身の肉壁として働く。そのうえ親父はこれまで通り偵察も行う。任務においてこれほど大きく貢献《こうけん》すれば、報酬も上がって当然だ。

親父が大金を投資してでも鬼を手に入れようとした理由に納得がいった。

うーん、あの鬼、扱《こ》き使《つか》われてるのか……。

複雑な気分だ。

可哀想《かわいそう》な気もするが、他の式神の十倍以上霊力を要求してくるし、相応の対価を支払っているとも言える。

そもそも、一般的に式神とは会話が成立しないみたいだし、かつて迷い込んだあの場所が異界である確証もない。

結局のところ全て謎であり、俺が勝手に鬼へ同情しているだけなのだ。

いずれ俺も式神を使って仕事をするのだし、余計なことで悩むのはやめた方がいいかもしれない。

住宅街をテクテク歩いていくと、やがて目的地が見えてくる。

跳ねるように階段を上り、兄弟そろってキョロキョロ境内《けいだい》を見渡せば、そこには沢山子連れが多い。

以前、散歩がてら来たときには静かなものだったが、今日は十一月十五日《七五三の日》だからか親の人影があった。

みんな俺達と同じ目的で参拝しに来たのだろう。

俺と同じように晴れ着の子もいれば、私服で境内を走り回る子供もいる。

五歳前後の子供にとって、羽織袴を着て大人しくするのは辛《つら》いのが普通かもしれない。

まぁ、中身は大人な俺は当然お行儀よく参拝できますがね。

鳥居をくぐる前に一礼し、参道は真ん中を避《さ》けて歩く。

手水舎《ちょうずや》で身を清め、早速拝殿《はいでん》にて参拝する。

鈴を鳴らしてお賽銭をそっと投げ入れ、二礼二拍手一礼。

ここは極めて一般的な神社だ。

前世で参拝方法を知っていたうえに、おんみょーじチャンネルと親父の指導で再確認した俺からすれば間違いようがない。

祈る内容はもちろん、俺が無事に五歳まで生きることができた報告と、第二の人生を与えてくれた神様への感謝だ。

祈りを終えてゆっくりと目を開ける。俺が一番長くお祈りしていたようで、家族を待たせてしまっていた。

「智夫雄張之冨合様《ちふおちょうのふあいさま》へご挨拶《あいさつ》できたか」

「うん、しっかり伝えてきたよ」

この神社が祀《まつ》っているのは〝慈愛と繁栄の女神 智夫雄張之冨合様〟。

峡部家《きょうぶけ》も信仰するメジャーな神様である。とはいっても、メジャーなのはこの地域と陰陽師界隈《かいわい》くらいなものだが。

我が家の儀式でもちょくちょく名前が出てくるこの神様は、その昔、覚醒《かくせい》の御魂《みたま》に負けそうになった子供を案じる母の願いに応《こた》え、世界中の母親達へ加護を与えたと言い伝えられている。

誕生の儀に限り、母親が我が子に霊力を与えられるようになったのは、その加護のおかげだそうな。

お母様のように霊力を持っていない一般人は言わずもがな、一部例外を除《のぞ》き、陰陽師の母親であっても本来他人へ霊力を分け与えることはできないのだ。

あの時、お母様の母乳エンハンスがなければ負けていたかもしれない俺にとって、智夫雄張之冨合様はまさに救いの神といえる。

同じような経験からか、家族の情に厚い御家は智夫雄張之冨合様を祀っていることが多いという。

転生させてくれたのが智夫雄張之冨合様かは分からないが、神様でもなきゃこんな奇跡起こせないだろう。

この機会に感謝を伝えておいた。

「二人ともよくできました。偉いですよ」

ずっと俺の真似《まね》をしていた優也はお母様に褒《ほ》められて誇らしげだ。

神聖な場所で騒がしくしたりするような無作法を晒《さら》さず、お母様も一安心だろう。

優秀な弟なら、お母様と静かに待っていてくれるに違いない。

これで心置きなく今日の本命——御祈禱《ごきとう》へ向かうことができる。

「行ってくる。半刻《はんとき》ほどで戻る」

「待っていますね」

「優也、ちょっと待っててね」

「おとーさんとお兄ちゃんどこ行くの～」

鬼退治に続き、またもや置いてけぼりの弟が不満げにお母様へ問いかける。

そんな弟の声を背に申し訳なく思いながら、俺達は拝殿の奥へと足を踏み入れた。

◇◇◇

受付の看板を見て、俺は渋面を浮かべずにいられなかった。

智夫雄張之富合様《りょうきんあんない》へしっかり感謝の気持ちを持っているつもりだが、初穂料《はつほりょう》十万円……。

十万円か……。

「ご予約の峡部様ですね。お待ちしておりました」

「これを」

親父が懐《ふところ》から取り出した封筒は、明らかに諭吉十人分の厚みではない。

厚さ1㎝ということは、多分百万円入っている。

嘘《うそ》だろ、一番高いコースの十万円だと思っていたが、特別な御祈禱はその遥《はる》か上をいくのか。

世知辛《せちがら》いこの世の中、稼げるところで稼がないと大きい神社を維持できないのだろう。

それは理解できるけど、七五三で百万円かぁ……。

前世の金銭感覚は一生抜けそうにないや……。

親父が受付を済ませ、俺達は拝殿の中を進む。

中を通る際、十組ほどの家族が若い神職の執り行う御祈禱に参加しているのが見えた。

一般家庭に転生していたら俺もあの中に混ざっていたのだろうが、陰陽師の家系に生まれた者は特別な御祈禱に参加することとなる。

彼らの横を静かに通り過ぎ、〝関係者以外立ち入り禁止〟の立て看板の向こうへ進む。

「峡部殿、お待ちしておりました。さぁ、こちらへ」

俺達を出迎えてくれたのは神職の男性。

見た目は四十代後半といったところか、身に纏《まと》う無地に紫色の袴や佇《たたず》まいからベテラン感が漂《ただよ》う。

親父は面識があるようで、ビジネス的な挨拶《あいさつ》を交わしつつ神職の後ろをついて行く。

地域で一番大きな神社だけあって、かなり広い敷地を有しており、それに比例するように建物内も広い。

日本全体として見ればマイナーな神様だが、俺の予想より篤《あつ》い信仰を集めているようだ。

「こちらです。儀式が始まるまで、中でお待ちください」

案内された先は拝殿の奥、幣殿《へいでん》と呼ばれる場所だった。

構造的には繋《つな》がっているものの、ほぼ別の建物となっている。

幣殿は、神霊の依《よ》り代《しろ》となる御幣《ごへい》を奉《たてまつ》る建物であり、神事の際に神職だけが入ることを許される。

そんな、本来部外者が入ることを許されないこの場所に、俺達父子は足を踏み入れていた。

部屋に入って最初に抱いた感想は「密教の集会が開かれそうな場所」だ。

そもそもここは、移動した感覚的に「幣殿の裏側に作られた秘密の部屋」っぽい位置なのだ。それだけで十分怪しい。

窓もない簡素な部屋に畳の匂いが籠《こも》り、薄暗いせいで余計に怪しい雰囲気が漂っている。

いや、どちらかというと厳《おごそ》かな雰囲気というべきか。なんだか落ち着かない。

我が家の寝室と同じく、外の光が入らない一室を四隅の行灯《あんどん》が照らしている。最奥に智夫雄張之冨合様らしき女神像があり、その周囲には御幣を中心に米俵や反物《たんもの》などの御幣物《ごへいもつ》が並ぶ。

昔ながらの捧げものの山、といった風情である。

それらの手前に座布団が敷かれていて、三組の親子が先に座っていた。

「失礼する」

先に集まっていた親子に倣《なら》って、俺達も座布団に腰を下ろした。

隣《となり》に座っている子供の顔を見てみれば、なんと知り合いではないか。

安倍家《あべけ》の懇親会《こんしんかい》で目を付けた才能がありそうな子の一人である。

たしか名前は……そら君……だったような……。

「久しぶり。元気だった？」

「…………」

あ、この顔は俺のこと覚えてないな。

俺も君の名前うろ覚えだからおあいこだね。

「先日はどうも」

「こちらこそ、その節はお世話になりました。あれから調子はいかがですかな」

子の後ろに座る親達も世間話に興《きょう》じている。

親父はここへ来る途中、更衣室を借りてスーツから陰陽師の正装に着替えていた。それは他の父親達も同じようで、狩衣《かりぎぬ》姿の男が集まって話す様子はなんとも見慣れない光景である。

俺は俺で推定そら君とどうやって会話しようか悩んでいると、予約していた最後の一組が来てしまった。

ここまで案内してくれた神職が御祈禱の最終準備を始める。その後ろで年季の入った巫女《みこ》装束の女性が、儀式の流れを簡単に説明してくれた。

ついに準備が整ったようだ。

神職が女神像に拝礼し、俺達の方へ向き直って語り始める。

「この場に集いし五人の幼子が、今日この日を無事に迎えられましたこと、心よりお慶《よろこ》び申し上げます。現世《うつしよ》の安寧秩序《あんねいちつじょ》を守る陽の子らはいつの時代も宝であり、貴君らの誕生を全ての民が歓迎するでしょう。この慶事を祝しまして――」

神職の長い挨拶を要約すれば「生まれてきてくれてありがとう。これからも健《すこ》やかに成長することを祈ってるよ。遅くなったけど神様に挨拶をしようか」といった内容だ。

遅くなったというのは多分、三歳参りのことを言っているのだろう。

平安時代、三歳まで髪の毛を剃《そ》ることで健康な頭髪を得られると信じられており、ようやく伸ばし始める「髪置《かみおき》の儀」が起源となった三歳のお参り。

それに反するように、生まれてからずっと髪を伸ばし続ける陰陽師の家系は、三歳で七五三詣《もうで》をしない。

その代わり、五歳の男児と七歳の女児は、特別な御祈禱を受け、特別な捧げものをお供えする。

「掛けまくも畏《かしこ》き伊邪那岐大神《いざなぎのおほかみ》、筑紫《つくし》の日向《ひむか》の橘 小《たちばなのを》戸《ど》の阿波岐原《あはぎはら》に、御禊祓《みそぎはら》へ給ひし時に――」

まずは神主さんが祓 詞《はらえことば》を奏上《そうじょう》する。

神様へご挨拶する前に、お祓いをして罪穢《つみけがれ》を祓い清めなければならない。

神職が御幣を左右に振り、鬼退治でも活躍した紙垂《しで》が揺れてカサカサと音を立てる。

薄暗い部屋の中に神職の声と紙垂の鳴らす音が響き、いよいよ儀式っぽくなってきた。

続けて祝詞《のりと》を奏上する。

「～～～～～～～～～～」

えっ、声小さ《ちっさ》い！

さっきまで奏上していた祓詞は部屋全体に響き渡っていたのに、本命の祝詞が始まった瞬間、呟《つぶや》くような声にボリュームダウンした。

もしかして、陰陽師でいうところの秘伝や秘術に関わるものなのだろうか。

神道《しんとう》については簡単にしか教わっていないから、詳しいところは分からない。

ただ、儀式は粛 々《しゅくしゅく》と進んでいるらしく、神職が傍《そば》に用意していた玉串《たまぐし》を手に取った。

「峡部聖殿」

「はい」

子供達が飽《あ》き始めた頃、事前説明の通り参加している子供の名前が呼ばれた。

元気よく返事をした俺は前へ出て、神職から捧げものである玉串を受け取り、恭《うやうや》しく神前にお供えする。

親父の指導によって、この辺りの所作《しょさ》は完璧だ。

神に関わる儀式は失礼のないよう、しっかりと行わなければならない。


――神は実在するのだから。


前世では、神が存在すると思っていなかった。

八百万《やおよろず》の神がいると聞いて米を残さず食べ、都合のいい時だけ神頼みし、元旦に家族とお寺で初詣《はつもうで》をして、十二月二十四日にはクリスマスを祝う。

そんな、無宗教とか言いながら雑多な宗教をイベントに利用する、ある意味日本人らしい信仰心しか持っていなかった。

だが、峡部家に生まれた俺は様々な経験を経て、神の実在を信じるようになった。

姿こそ現さないものの、人類に祝福や預言を授けてくれる上位存在として、陰陽師界では確かにその存在を認識されている。

そもそも、不思議生物然《しか》り、幽霊然り、存在しないと思っていたものが道端を歩いていたりするのだ。

これまで見えていなかっただけで、神様がどこかにいたとしてもおかしくはない。

俺だけでなく、他の子供達も親からみっちり教わったのだろう。拙《つたな》いながらも正しい所作で玉串をお供えしている。

親父曰《いわ》く「智夫雄張之冨合様を始めとした神々は、人の子の多少の無礼など気になさらない」とのことだが、こういうのは気持ちの問題だ。

さて、ここまでは普通の七五三である。

拝殿で見た子供達も同じ儀式を受けているだろう。

だが、ここからは少し違う。

陰陽師の家系に生まれた子供にとっては、この後の奉納こそが本命だ。

◇◇◇

「ご家族の方は奉納の品をご用意ください」

その言葉を受け、部屋の隅で待機していた巫女が動き出す。

後ろの様子を窺《うかが》うと、親父はハサミと懐紙《かいし》を受け取っていた。

受け取ったのはうちの親父だけではない。各家庭の親達がハサミを片手に子供のところへやってくる。

「髪を切る」

神様へ背を向けないようにしゃがみ込んだ親父は、そう言って俺のヘアゴムを外した。

事前説明で聞いていたから俺も特に驚きはしない。

陰陽術的に価値のある髪を奉納することで、感謝の意を示すのだとか。

俺は内心「切っちゃうの？」と思ったが、髪はここぞという時に使う素材であって、ラストエリ○サーするためのものではない。

こういう場面では切ることもあるようだ。

親父は懐紙を左手で受け皿にし、はさみを右手に持った。

そして、俺の前髪を切り落とす。

……前髪？

ぱっつん——耳に届いた音は違うはずだが、俺にはそう聞こえた。

まさか前髪をガッツリいくとは思わないだろ……。

思わず「えっ」と大きな声をあげそうになったが、神前ということで何とか抑えた。

「お父さん……なんで前髪……」

「邪魔だと言っていただろう」

まさか、以前俺が愚痴《ぐち》った「髪が邪魔」って言葉を覚えてたのか？

こういう時でもないと髪を切ったりしないから、良かれと思って邪魔な前髪を選んだ……と。

気持ちはありがたいし、覚えていてくれたのは嬉しいが、最近は長くなってきたおかげでまとめられるようになったから、正直言ってありがた迷惑です。

周りを見てみろ。右隣の子は毛先をちょっと切り落としただけだし、そら君は目立たない襟足《えりあし》を切っただけだぞ。

よりによって、前髪……。

懐紙に乗っている髪の長さからして、おでこが丸出しになるレベルでがっつり切られている。前世から髪形にこだわりのない俺だが、ぱっつんはさすがにない。

どこかに鏡ありませんか。

俺の髪形どうなってます？

「これで少しはスッキリしたか」

ええ、おでこがスースーするくらいにはスッキリしましたよ。

文句を言うのは家へ帰ってからにするとしよう。

切ってしまったものはしょうがない。

神様への奉納の品だ、自分にとって大切な前髪《もの》を捧げるくらいでちょうどいいだろう。

子供達の髪が集まったところで、神職が儀式を再開する。

またもや小声で祈り始めた神職は、奉納の言葉の最後に明朗な声で告げる。

「――祈りを」

智夫雄張之冨合様へ。

こちら切りたてホヤホヤの前髪です。

おまけに宝玉霊素《ほうぎよくれいそ》も込めておきました。

どうぞお納めください。

人体が最高の陰陽術素材と言われるのは伊達《だて》ではないらしい。

宝玉霊素を込める傍《そば》から吸収していった。

髪を納めるということは霊力を求めているのだろうし、どうせならと込めておいた。

神様に媚《こ》びておいて損はない。

「——智夫雄張之冨合様の御加護を賜《たまわ》りし幼子達からのささやかな感謝の品、その祈りと共にどうぞお納めください」

長い呟きの最後に、俺達にも聞こえる声でそう締《し》めくくった。

事前説明の通りなら、これで儀式は終わりかな。

なんて油断した俺の目に、淡い光が飛び込んだ。

なんだこれ、女神像を中心に光の粒子が立ち上っている?

気が付けば、つい先ほど儀式を終えて正座のまま背筋を伸ばした神職が、再び腰を九十度折り曲げ、拝《はい》の姿勢に戻っていた。

後ろに控えている巫女も同じだ。

何が起こっているのか分からない俺達に神職が指示を出す。

「拝の姿勢を」

大人達が真っ先に指示に従い、それを見た子供達も追随する。

神職達の緊迫した様子から、イレギュラーな事態が起こっているのは分かった。

いったい何が起こっているのか、好奇心を刺激された俺は拝の姿勢のまま、目玉を動かして周囲を探る。

「あっ、キラキラ」

子供達も俺と同じ考えだったようだ。

目の前に光の粒が舞い降りたことを、少女が無邪気な声で教えてくれた。

「キラキラどこ？」

少女の声に反応し、思わずといった様子でそら君が顔を上げる。

どうやらそら君にはこの光の粒が見えていないらしい。

顔を上げるまでもなく、光の粒は部屋中に降《ふ》り注《そそ》いでいるのだから。

いや、この部屋だけではない。

光は次第に勢いを増し、いまや溢《あふ》れんばかり。

外にまで及んでいるのではないだろうか。

人の身には成し得ない大規模な奇跡。

俺はこれに見覚えがある。というか、わりと定期的に見ている。

（天橋陣《てんきょうじん》と同じ、前世では感じたことのない力の波動。霊力とも違う。なんか……怖い）

天橋陣から微《かす》かに感じていた未知の感覚、それが濃密に押し寄せてくる。

どちらも光を放つ点は同じだが、その光に乗ってくる何かの強さが違う。

人の身には扱いきれない、畏《おそ》れ多い力の奔流《ほんりゅう》に触れているような……。

それは正しく、神の力。

そうとしか言いようがない。

怖いくらい強大な力の波動は、拝の姿勢を維持している間に、いつの間にか通り過ぎていったようだ。

俺が人心地ついたときには、神職と俺以外、その身を起こしていた。

「あれはいったい……」

「智夫雄張之冨合様の奇跡か？」

「噂には聞いていたが、本当だったとは。ほぉ、なるほど」

「面白い。実に面白いぞ。天《そら》、今の感覚を覚えたか」

うちの親父を除《のぞ》き、父親達が口々に感想を言い合う。

子供達も親に倣って話し始め、部屋は騒然となった。

そんな状況を変えたのは、ゆっくりと身を起こした神職である。

「祝福を賜りました。しばらくの間、この地域一帯は結界内に相当する聖域となりました。皆様も祝福の片鱗《へんりん》に触れております。吉事に恵まれた際には、智夫雄張之冨合様へ感謝をお忘れなく」

父親達の興奮は簡素な説明では収まらず、神職へいくつも質問を投げかけた。
そのうち返ってきた答えを俺なりに理解すると……。

・本来は境内に結界を張る儀式であった。子供にも厄除《やくよ》けの効果が付与される。
・髪を用いた儀式とはいえ、本来これほど強力ではない。
・歴史上、極稀《まれ》に神から捧げものの返礼があった。たぶんそれ。
・その余波で神の恩恵に与《あずか》れて皆も光栄だよね。信仰よろしく。
・神社の記録を見せることはできない。
・再現は不可能に決まってるだろ。
・これ以上神秘を解き明かそうとすると神の怒りに触れるぞ。

研究家気質なのだろう、そら君の父親が詰問して神職の静かな怒りに触れていた。
今回の奇跡にちょっとだけ心当たりがある。
でも、あの力は宝玉霊素《宝玉霊素》由来のものではない。
もしかしたら、宝玉霊素に満足した神様がサービスしてくれたのかも。
あれ作るの大変だし。
「お帰りの際は、こちらで御守りと千歳飴《ちとせあめ》をお分かちいたします」
巫女の案内で俺達は退出することになった。

自分達の七五三詣で祝福を授かったとあって、四組の親子は嬉しそうである。

「峡部殿、少々お待ちを」

最後に部屋を出ようとした俺達は神職に声を掛けられた。

先ほどまで光の海となっていた部屋は再び闇に支配され、怪しい雰囲気が漂っている。

用件は先ほどの奇跡以外にあるまい。

場の雰囲気に加え、心当たりがある俺は内心ドキッとした。

「……およそ三百年振りの奇跡です。その年も、峡部家の方が七五三詣にいらっしゃったようです。……峡部家は天に愛されているのでしょうか」

うわ、さっそく探りを入れてきた。

神職穏やかそうな顔して、めちゃくちゃ積極的ですね。

でも、こういう駆け引きを目の当たりにして、ちょっとワクワクしちゃう自分がいる。

「……日頃より智夫雄張之冨合様への感謝は忘れておりません。ただ、ご寵愛《ちょうあい》を頂くようなことは何も」

「そうですか。……いつでも参拝にいらしてください。お待ちしております」

意味深な会話が終わり、俺達はついに幣殿を後にした。

「凄《すご》かったね」

「……ああ」

きっと俺が何かしたんじゃないか聞きたかったのだろうが、ここでは誰が聞いているか分からない。

家に帰ってから話そう。

拝殿の外へ出た俺達を、お母様と優也が出迎えてくれた。

「御祈禱はどうでし……聖、その前髪はどうしたのですか？」

「お父さんがやった」

「お兄ちゃん、かみ変なの！」

そうだった、親父にはこの件についても話したかったんだ。

なんやかんや忘れていた神社での記念撮影は、写真スタジオでしっかり整えてもらった着付けに、ぱっつん前髪で写ることとなった。

第十四話　おままごと

初めてお茶会に招待されて以来、数ヶ月に一度、俺は源家《みなもとけ》にお邪魔している。

今日は加奈《かな》ちゃん主導の下、お馴染《なじ》みとなった畳部屋にておままごとが開催されていた。

「ひじりはお父さん役ね。それでねー、しずくちゃんはおねえちゃん役。ゆーやはおとうと役、かなめは赤ちゃん！」

加奈ちゃんがノリノリで俺達の配役を決めていく。

峡部家《きょうぶけ》で遊ぶときは紅一点だから、他の女の子と一緒に遊べる状況にはしゃいでいるようだ。

唯一配役が明かされていない人物に優也《ゆうや》が問いかける。

「かなおねえちゃんは？」

「お母さんにきまってるでしょー」

お母様が誘ったのか、二度目以降は殿部家《でんべけ》も一緒にお茶会へ来るようになった。

裕子《ゆうこ》さんが来るからには当然加奈ちゃんもついてくるし、弟の要《かなめ》君も連れてこられる。

「おねぇ、ぶーぶーとって」

「赤ちゃんはしゃべんないんだよ！　はい」

加奈ちゃんが峡部家にお泊りに来てから早数年。

殿部家の長男として誕生した要君はすくすく成長し、あっという間に俺達と同じ遊びができるようになった。

俺の影響か、年齢の割に大人びている優也と加奈ちゃんに引っ張られ、言語能力の成長が著《いちじる》しい。

年上の遊びについて行くため身体能力も上がっており、殿部家の将来は安泰《あんたい》である。

「ばぶー」

幼稚園就学前にして姉の命令に逆らわないという賢さまで持ち合わせている。

今は車のおもちゃで遊ぶのに御執心だが、将来は精密な結界を築く良い陰陽師《おんみようじ》になるだろう。

「パパは髪を切ったようですね。七五三詣《もうで》ですか」

主催者の娘である源雫《しずく》は、いつも通り事務的な口調で俺のイメチェンに言及してきた。

彼女も最初は「この遊びに意味はあるのですか？」と抵抗していたが、加奈ちゃんの我の強さに負けた。

渋々《しぶしぶ》参加するようになったとはいえ、演技にぎこちなさがあったのも初日だけ。すぐさまおままごとのルールに順応し、役になりきって会話できるようになっていた。

「あぁ、その通りだよ雫ちゃん。父が……お前のおじいちゃんがバッサリ切ったんだ」

俺はかなり短くなった前髪を弄《いじ》りながら答えた。

お母様が整えてくれたおかげでおかっぱもどきよりはマシになったが、毎朝顔を洗うたび、見慣れない自分の姿に違和感を覚える。

その他に支障はないし、『こういう髪形も可愛《かわい》いですね』と言ってお母様が笑顔になったから良しとした。

どうせすぐに伸びる。

「髪を奉納するとは知っていましたが、そんなに切るのですね。ところで、パパの信仰する神が奇跡を起こしたという噂を耳にしました。本当ですか？」

「本当だとも。俺が御祈禱《ごきとう》を受けている時に起こったんだ」

源さんは、俺の前髪についてではなく奇跡の方に興味があるらしい。

どんな現象が起こったのか、どんな力を感じたのか、根掘り葉掘り質問してくる。

本来親父もこれくらい興味を示すべきなのだ。

あの後、家に帰ってから少しだけ二人で話をした。

◇◇◇

『何かしたのか？』

『霊力を込めた』

『……そうか』

親父はなぜかこれだけで納得していた。

膨大な霊力を持つ息子にもっと聞くべきことがあるだろうに。

『お父さんは霊力を加工してる？』

『……加工？』

俺が勝手に霊素《れいそ》と呼んでいる霊力の加工物。

これは陰陽師界において普遍的《ふへんてき》なものなのかどうか。

ずっと気になってはいたが、聞く機会を逸していた。

いい機会だから親父に聞いてみよう。

『動かすと分離するでしょ？』

『……印を結ぶということか？』

『いや、そうじゃなくて』

俺達父子は揃《そろ》って頭にクエスチョンマークを浮かべた。

俺がいくら説明しても親父には理解してもらえなかった。ついでに不思議生物についても聞いてみたが、やっぱり知らなかった。

結論として、不思議生物も霊力の精錬も一般的ではないようだ。

おんみょーじチャンネルで紹介されていない時点でそんな気はしていたが、もしかしたらどこかの家の秘術にあるんじゃないかな、と思っていたのに。

わりと秘術を知っている親父ですら全く心当たりがないということは、そういうことだろう。

俺は仕事部屋から寝室へ移動し、一人ガッツポーズをとった。

(よっしゃー！　俺だけの技術だ！　わーい！)

これがどれほど凄《すご》いことか、分からない人間はいないはず。

新技術の発見というのは、大企業が莫大な資金を投じてでも求めるもの。

幼児期の暇な時間を費《つい》やして磨《みが》いてきた精錬技術が値千金《あたいせんきん》だったということの事実に、俺は舞い上がった。

たとえ余所《よそ》の秘術に同じものがあったところで、俺の危機を救った霊素の有用性が揺らぐわけではない。しかし、その技術を自分だけが知っているというアドバンテージは計り知れない。

精錬によって、智夫雄張之冨合様《ちふおちようのふあいさま》が返礼してくれるほどの付加価値が付いたのだ。

今後とも技術を磨き、俺の名声、ひいては峡部家の発展に役立てねば。

◇◇◇

そんなことを考えた七五三の日を思い出しつつ、俺は娘の質問に答えてあげた。

「ほら、お父さんはそろそろ仕事でしょう？　娘にばっかり構ってないで、いい加減準備しなさい！」

　俺が源さんにばかり構っているのが不服だったようで、加奈ちゃんが腰に手を当てながら呆《あき》れた口調で言う。

　やたら堂に入った口ぶりからして、毎朝裕子《おかあさん》さんが籾《おとうさん》さんに同じセリフを言っているのかもしれない。

「あぁ、もうこんな時間か。それじゃあ、俺の可愛《かわい》いお姫様、いい子にしているんだよ」

「はい、パパ。いってらっしゃい」

　このやり取りも随分繰り返したので慣れたものだ。

　加奈ちゃんの監修が入り、籾さんの親バカっぷりが子供達の間で共有されてしまっていた。

「お父さんいってらっしゃい。ほら、二人とも朝ご飯食べちゃいなさい。あぁ忙しい忙しい」

　裕子さんが普段どんな風に家事をしているのか、加奈ちゃんは結構見ているようだ。

　俺は皆から少し離れたところへ移動し、積み木を組み上げては崩す作業を始める。

　加奈ちゃん曰《いわ》く、これがお父さんの仕事らしい。

　結界を築く様子を再現しているのだろうが、賽《さい》の河原《かわら》や囚人の穴掘り刑と同じ狂気を感じる。何ら建設性のないこの作業に意識を割《さ》くのは時間の無駄だ。

俺は独り意識を内側に向けて霊力の精錬に努める。

（うーん、第漆《だいしち》精錬の手掛かりが完全に失われた。どうやればいいんだこれ）

かれこれ数年間模索し続けている第漆精錬の手法。

第陸《だいろく》精錬までは割とあっさり見つかったのに、その次の段階を見つけられないでいる。

毎日生産される霊力を原料とした加工工場のようなもので、第壱《だいいち》〜第陸工程まで加工し、そこでストップしている状況だ。感覚的にはまだ完成しておらず、この先があると思うのだが……。

以前これかもしれないと思っていた手法は、確かに実現できたが、期待していた変化とはならなかった。

（精錬できたときの「これまでの霊素とは違う！」って感じがしないんだよなぁ。根本的に間違ってるのかな？　光明が見えたと思ったら一転して五里霧中になった感じだ）

これ以上悩んでも仕方がないので、体内の不思議空間に意識を向け、常に稼働させている工場ラインを見直す。遠心分離に研磨などなど、様々な工程がある。

この辺りの精錬はこんな感じでやった方が効率上がりそうだな。うん、いい感じだ。

言葉にできない感覚的な作業改善によって、第陸精錬――宝玉霊素《ほうぎよくれいそ》の製造は日々効率化されている。

それでも、大量の霊力から得られる宝玉霊素の数は微々《びび》たるもの。

いざという時のため、もっとストックしておきたい。

「お父さんそろそろ帰ってくるかしら。LI◯Eしましょ。ピロピロ　ピロピロ　ピロロ〜ン」

おっと呼び出しがかかってしまった。

ボーッとしている間に定時になったらしい。

「はい、お父さんです」

「今日は何時に帰って来れるの？　そろそろお夕飯の支度しようかと思って」

「すぐに帰るよ」

通勤時間徒歩三秒。

家族思いなお父さんは一切寄り道せず帰宅した。

「帰ったぞー」

「おかえりなさいお父さん、お風呂にする？　ご飯にする？　それとも片付け？」

「先に片付けてくるよ」

六歳児に「わ・た・し？」と言われても困るところだった。

もしかしたら、新婚時代の籾さんは裕子さんに言われたのかもしれない。

……知り合いのイチャイチャを想像すると、いたたまれない気持ちになるな。

「ママ、今日のお夕飯は何ですか」

「今日はカレーよぉ。ほら、お姉ちゃん。弟達をつれてきて」

おままごとセットで料理のまねごとをしながら加奈ちゃんが答える。

幼稚園のお友達と比べてだいぶ個性的な源さんに対しても、加奈ちゃんは自然に接している。

これが子供の適応力なのだろうか。

「ですがママ、優也は友達の家に遊びに行きましたし、私の腕では赤ちゃんを抱き上げるのは困難です」

優也はいつの間にか少し離れた別グループと遊んでいた。

おままごと準拠では友達の家になるのか。

源さん上手《うま》いな。役に入り込んでいる。

「もー、優也はまだ帰って来てないの？　五時過ぎてるのに」

家の格とか、学歴とか、経済力とか、そういう大人のしがらみを気にせず付き合える純粋さには眩《まぶ》しさすら感じる。

加奈ちゃんにはいつまでもその気持ちを忘れないで欲しい。

「連れ戻した方がよいのでしょうか」

「源さん、待ってください。……お母さん、優也は友達の家にお泊りするってよ。こっちはこっちでご飯を食べよう」

「お泊りなら仕方ないわね！　お夕飯の準備できたから、ほら、あなた達も飲み物を準備して」

加奈ちゃんは遊びに来た時、そのまま峡部家に泊まっていったりする。

特別何かをするわけではないが、お泊りそのものにワクワクしちゃうお歳頃《としごろ》なのだ。

だから、お泊りといっておけば納得してもらえる。

優也はおままごとに飽《あ》きてしまったようだし、仲良しグループと遊ばせてあげよう。

「おにぃおにぃ、ブーブーね、すごいよ」

「おぉ、かっこいいの持ってるな。よしよし、少しだけ移動するぞ。そーら！」

俺は要君の脇を摑《つか》んで加奈ちゃんの近くへ移動する。

身体強化のおかげでひょいと持ち上がり、浮遊体験にキャッキャと燥《はしゃ》ぐ三歳児でも危なげなく夕飯の席へ招待できた。

「…………」

「何か？」

何かあったのだろうか、俺の隣《となり》で正座する源さんがじっと見つめてくる。

加奈ちゃんに聞かれないよう、彼女は耳打ちをしてきた。

「峡部家では筋力トレーニングをしているのですか？」

「いえ、していませんよ」

「そうですか。……お腹《なか》が空《す》きましたね。パパの飲み物は大吟醸《だいぎんじょう》でよろしいですか」

「カレーに日本酒は合わないんじゃないかな」

源さんはそれだけ聞くと、再びロールプレイに戻った。

ちょっとパワフルすぎたか？

源さんに質問されたということは、傍《はた》から見たら異常だったのかもしれない。

優也と要君が喜ぶから、遊ぶたびに高い高いしまくってたけど……。

身体強化が体に馴染みすぎて、子供の普通が分からない。幼児は軽いからセーフだよな？

俺の自問自答は加奈ちゃんの声によって止められた。

「はーい、ご飯ができたわよー」

そう言って配膳されたお皿を見ると、そこには本物のどら焼きが載っていた。

俺が見た時はおもちゃの人参を切っていたのに、とんだ錬金術である。

加奈ちゃんの後ろでお茶を淹《い》れてる使用人さんの仕業だろう。ありがとうございます。

「「「いただきます」」」

うん、今日のおやつも高級品だ。

ふんわりとした生地の上品な甘さ、小豆《あずき》の風味が口いっぱいに広がって……おいしい。

俺がどら焼きの美味しさを堪能《たんのう》していると、加奈《お》ちゃん《かあさん》が源《むすめ》さんに話しかける。

「しずくちゃんはどら焼き好きなの？」

「はい、好きですよ。ママは当然、娘の好物をご存知ですよね」

「……うん、お母さん知ってた」

へぇ、源さんどら焼き好きだったんだ。

いつも表情の変化が薄いから、甘いもの好きじゃないのかと思っていた。

思い返してみれば、プライベートな話題を出したことなかったな。

前世の職場を彷彿《ほうふつ》させる事務的な口調のせいか、陰陽師界隈《かいわい》の話ばかりしてた。

およそ子供の会話らしくないな。

「うちのお姫様は普段何をして過ごしているのかな？」

「赤ちゃんのお世話！」

「ばぶー」

いや、加奈ちゃんじゃなくて。

「私ですか……。習い事以外でしたら、陰陽術の練習をしています」

「えっ、その他には？　何か好きな事とか、趣味とか、そういうものは？」

「本を読むのは嫌いではありませんが、情報収集のためですし……。そういうパパこそ何をしているのですか」

「パパは……」

陰陽術の練習しかしてないな。

前世ならソシャゲや漫画、アニメも嗜《たしな》んでいたが、転生してからは陰陽術のことばかり考えている。

俺にとって陰陽術は生《い》き甲斐《がい》であり、将来への架け橋であり、趣味でもあるのだ。

うん、源さんの返答に驚く資格、俺にはなかったわ。

「陰陽術の練習しかしてないや」

「そうでしょう。でなければあんな技量は身につきません」

「お食事中におしゃべりばっかりしちゃダメ！　おぎょーぎよく食べなさい！」

お母さんの雷が飛んできた。

賑《にぎ》やか食事派の俺としては反論したいが、加奈ちゃん相手にそれは悪手だ。

父と娘はそれをよく知っている。

俺達は大人しくどら焼きに舌鼓《したつづみ》を打つのだった。

第十五話　夢の誘い

幼稚園からの帰り道、見飽《みあ》きた通園路の途中で一本の横道が目に留まった。

こんなところに道なんてあったっけ？

そこは民家の高い塀に挟まれた道で、夕日の作り出す濃い影により、奥まで見通すことはできない。一体どこへ繋《つな》がっているのか。

普段意識していなかっただけに、無性に気になってくる。

だが、こういう道は危険に満ちている。特に、逢魔時《おうまがとき》に行くものじゃない。

神隠しだとか、犯罪だとか、裏表どちらの世界にとっても危険だ。

行くにしても、しっかり準備をしてから……。

「俺、いつの間に……」

気がつくと、俺は横道の中程を歩いていた。

足を踏み出した覚えはないのに、行くべきでないと頭で考えたはずなのに、体が勝手に動いていた。

影が俺の小さな体を飲み込み、一気に暗くなる。

横道を覗《のぞ》き込んだ時はこんなに暗くなかったはずなのに、いつの間にやら後ろから差し込んでいた光すら届かない。

まずいだろ、これ絶対まずいって！

脳みそから下された退却命令はことごとく無視され、ズンズン奥まで突き進んでいく。しかも、頼みの綱である陰陽術《おんみょうじゅつ》もさっぱり使えない。懐《ふところ》の札に霊力を注いでもうんともすんとも言わないのだ。

明らかに異常事態だが、陰陽術を取り上げられた俺は無力な凡人である。逃げる手段なんて一つも思いつかなかった。

さっきからずっと歩いているのに道の終わりが見えない。

どう考えても元いた空間から逸脱《いつだつ》している。

思い出されるのは、ドラなんとかと遭遇した夕暮れの世界だ。あの時はどうやって帰ったんだっけ？

しばらく身を任せていると、やがて赤い何かが見えてきた。

――鳥居？

見覚えがあるような、ないような。そんな鳥居を潜《くぐ》ると、遥《はる》か遠くに鎮座する小さな社《やしろ》が目に入った。

――誰かいる。

その人影は社に腰掛け、こちらを見ているようだ。

俺の足は迷いなくそちらへ向かう。まるで、その人物に呼ばれているかのように。

「お母さん？」

腰掛けていたのはお母様だった。

いつもの穏やかな笑みを浮かべ、膝の上の子馬を撫《な》でている。

なぜお母様がここに？　この馬は一体？

いや、待て、おかしい。

俺はなんで一人で帰っていたんだっけ？

いつもならお母様と手を繋いで帰るはずだ。反対側には優也《ゆうや》もいる。

なんでお母様が変な空間で先回りしている？

優也は何処《どこ》に行った？

この状況全てがおかしいぞ。

「あなたは誰ですか？」

「～～～～～」

その返答はよく聞き取れなかった。

日本語のように聞こえたが、そうでないようにも思える。なんなら言語だったのかすら怪しい。

「ここは何処でしょうか？　あなたが私を呼んだんですか？」

「～～～～～」

彼女が再び口を開くも、その言葉は届かない。

裕子《ゆうこ》さんは相変わらず一定のペースで膝の上の子牛を撫でている。

「何か御用でしょうか？」

「～～～～」

子ウサギを撫でる手が止まり、彼女は俺を手招きする。

明らかにこの空間を支配している彼女に逆らえるはずもなく、俺は加奈ちゃんの隣《となり》に座り、促《うなが》されるまま子ウサギを撫でた。

柔らかい。素晴らしい毛並みを堪能《たんのう》していると、彼女は再び俺に語りかける。

「～～～～」

「すみませんが、何を言っているのか分かりません」

彼女は少し困ったような表情を浮かべ、膝の上の赤ちゃんモルモットが落ちないよう気を使いながら、身振り手振りで伝えようとしてくる。

源《みなもと》さんがこれほど表情豊かに語りかけてくる姿、初めて見た。

彼女の意思を、俺はなんとか読み取ってみる。

「～～～～」

「ソフトタッチ？　優しく？　抱きしめる？　大切に？　あぁ、『大切にしてね』ってことか！」

彼女は綺麗《きれい》な笑みを浮かべて頷《うなず》いた。

当たりらしい。

そして、彼女は膝の上の赤ちゃんハムスターをタオルケットごと渡してくる。

受け取った赤ちゃんを膝の上に乗せてみるが、びっくりするほど軽い。

まるで、ここに存在しないかのように。

「この子をあげるから、大切にしてねってことですか？」

「～～～～～～」

相変わらず何を言っているのか分からない。

明里《あかり》ちゃんは縁側から降り、俺の正面に立った。

手を伸ばしてきたので握手かと思いきや、掌《てのひら》を俺の顔面に向けてくる。

どうしよう、ビームとか撃たれたら避けられそうにない。

いや、彼女なら俺を殺そうと思えばいつでも殺せそうだ。ここまできて俺をどうこうするつもりはない……と思うんだけど……。

「～～～～～～」

「えっ！　今の！」

彼女の言葉の断片がほんの少しだけ耳に届いた気がする。

ぼやけたピントをテキトーに調整している時に、一瞬だけピントが合うような感覚。

なんか、もう少しで聞き取れそうな気がする。

そういえば、夕暮れの世界でもこんなことを体験した覚えが……。

その一瞬に伝わってきたのは、言葉というよりも情報の塊に近い。

脳内に響いた情報を無理やり言葉にするとしたら――

『頑張りなさい』

そんな優しい応援であった。

「あっ」

タオルケットの中でウリ坊が身じろぎをした。さっきまで寝ていたのに、起こしてしまったか。

「～～～～」

口元に人差し指を添える彼女。このジェスチャーは分かる。

「そうですね、もう少し寝かせてあげましょう。えっ、撫でろと？　目を覚ましませんか？」

うながされるまま、俺は再び子馬を撫でる。頭からお尻の方まで、ゆっくり、優しく。

俺に身を任せて無防備な姿を晒《さら》すこの子が、だんだん可愛《かわい》く見えてきた。

可愛く……かわいく……あれ？

馬じゃないような……。

この子はなんて名前の動物だっけ？

そもそもこんな動物、存在するっけ？

動物園では見たことがないような……でも、どこかで見たような気もする、不思議な感覚。
「あのぉ、この子って……」
あれ？　なんか、意識が……この感覚はもしや……！
「～～～～～」
また声は聞こえなかった。
ただ、今回は何を言ったのか簡単に分かる。
手を振って告げる言葉は、お別れしかないだろう。
それに対し
俺は
手を
……
……………
………………
「…………」
光の差さない寝室では、時計で朝を確認する。
7：00ジャスト。俺は隣で寝ている優也を起こさないよう、静かに立ち上がる。
ぐぅ～

腹の虫が鳴いた。食欲の減衰していた前世が嘘《うそ》のようだ。

若い体のなんと素晴らしいこと。今日も朝までぐっすり眠れた。

……そういえば、今日は珍しく夢を見たような気がする。

なんだったっけ？

ぼんやりとした記憶を手繰《たぐ》り寄《よ》せる途中で、寝室の襖《ふすま》が開かれた。

「聖《ひじり》、おはようございます。朝ごはんができましたよ」

「お母さんおはよう」

「優也もそろそろ起きてくださいね」

「うぅ〜ん」

温かいご飯をいただくため、まずは顔を洗いに洗面台へと向かおう。

おっと、その前に。

「はいはい、忘れてないって。今日のご飯ね」

寝室の隅に鎮座する霊獣の卵に手を乗せ、一人呟《つぶや》く。

大きな卵へ霊力を注ぎ、満足感が伝わってきたところで俺は手を離した。

そして特に意味もなく、なんとなくもう一撫で。

「じゃ、いい子にしてろよ」

「聖、ご飯が冷めちゃいますよ」

「今行く！」

朧《おぼろ》げな夢の記憶は、いつの間にか消えていた。

第十六話　兄離れ

「あそびに行ってくる！」

「暗くなる前に帰ってきてくださいね」

最近、弟が友達と遊ぶようになった。

今年から幼稚園に通い始め、交友の輪を広げ始めたのは知っている。休み時間に友達と遊んでいる姿をよく見かけたから。

しかし、それは幼稚園での話で、家ではこれまで通り俺と一緒に遊ぶものだと思っていた。

……最近までは。

「優也《ゆうや》は今日も公園に行ったの？」

「いいえ、今日は田中《たなか》さんの家にお邪魔するようです」

そう言ってお母様はスマホを取り出し、向こうの親御さんと連絡を取り始めた。

あぁ、だから菓子折り持たせてたのか。

優也はもともと公園でも友達を作っていたようだし、お茶会でだって俺の知らない友達と遊んでいた。

そんなコミュ力高めな弟は、お母様に直談判して一人で遊びに出かけるようになった。

年齢よりも大人びている優也なら心配ないと、ご近所限定で行動の自由を与えられたのだ。

特に公園はすぐ近くにあるため、いくつかのルールを守れば問題ないと判断された。
・事前に遊ぶ場所を伝えること。
・外出するときは必ずキッズスマホを持つこと。
・道路に飛び出さないこと。
・知らない人には近づかないこと。
・何か困ったことがあったらお札を地面に貼ること。
ごくありふれたお約束だ。

きっとクレヨンしんちゃ○も同じ約束してるはず。

最後の一つが最大の安心材料であることは間違いない。

優也は元気よく「うん、やくそくする！」と言って、お母様と指切りげんまんしていた。

それからというもの、優也はほとんど毎日外へ遊びに行っている。

……兄を家に置いて。

幼稚園卒業前に、弟が兄離れした。

えっ、ちょっ、早くない⁉

兄弟ってもっと一緒に遊ぶものじゃないの⁉

夏休みに一緒に虫取りしたり冒険したりするものじゃないの⁉

いや、全部アニメやドラマで見たシーンだけど、小学校低学年までは友達より兄弟で遊ぶものだと思っていた。

前世で一人っ子だったうえインドア派な俺は、基本的に外へ遊びに行くという選択肢がない。

ゆえに、弟がまさかこんな早く外の世界へ興味を示すとは思いもしなかった。

「ついこの間まで電車ごっこではしゃいでたじゃん。紙飛行機を一日中飛ばしてたじゃん。えー、もう飽《あ》きちゃったのか」

優也の直談判のおかげで、ついでに俺もキッズスマホを買って貰《もら》えた。

もはや現代人の必須アイテムとなっているスマホ。これを手に入れたおかげで、調べ物があっても自分で解決できるようになった。

俺はさっそく「弟　兄離れ」で検索する。

「くっ、ペアレンタル機能め」

俺達のスマホには、子供が有害サイトに入らないよう、フィルターが設定されている。

R18サイトでもないのに、検索する時ちょくちょく引っかかってしまうのが不便だ。

とはいえ、今回の検索結果は酷《ひど》いから妥当かもしれない。

「俺はブラコンじゃないし」

検索結果がそんなものばかりだった。

転生して初めてできた弟なんだ、まだ幼稚園児なんだし、可愛《かわい》がって当然だろう。

普通は何歳くらいで兄離れするのか知りたかっただけなのに、とんだ疑いを掛けられたものだ。

それからいろいろ調べてみた結果、ある事実にたどり着いた。

「そうだよね。普通兄が先に友達と遊び始めて、弟が寂しがる流れだよね。……まるっきり逆だな」

一般的に小学校低学年くらいで活動圏が広がり、それぞれの道に進み始めるようだ。

家庭の方針や性格によっていろいろ異《こと》なるため、この年齢で兄弟が別々に遊ぶという具体的な数字は見当たらなかった。

うちは少し早すぎる気もするが。

俺がスマホをいじっていると、庭で洗濯物を取り込んでいたお母様が居間に戻ってきた。

そして、俺の顔を一目見て尋ねてくる。

「どうかしたのですか?」

「ううん、なんでもない」

何でもないと答えたはずなのに、お母様は慈しむような笑みを浮かべて俺を抱きしめる。

え、突然どうしたの？

「優也が遊びに行って寂しいのでしょう。お母さんには分かりますよ」

な、何故《なぜ》バレた。

これが母親の勘《かん》というやつか。

そういえば、前世の母にも隠し事はできなかったっけ。

正直に答えるなら――

「うん……ちょっと寂しい」

……あの、お母様、ギュッと抱きしめなくても大丈夫です。

さすがに弟の兄離れが原因で慰められるのは恥ずかしいのですが。

初めて経験する類《たぐい》の寂しさに戸惑っているだけですから。

「先生から、聖《ひじり》は幼稚園の人気者だと聞いています。お友達と遊びたい時は言ってくださいね。少し遠くても送りますから」

そういえば、同級生達と幼稚園の外で遊んだことなかったな。

大人になるにつれ、友達の家へ遊びに行く機会はなくなっていくものだ。

親友と久しぶりに会う時だって、大人になってからは飲み屋ばかり。

プライベート空間を侵害する罪深さを知ったからだろうか。いつの間にか、友達の家に行くという選択肢が俺の中から消えていた。

子供の体に戻ったとはいえ、やっぱり他人の家にお邪魔するのは気が引けるなぁ。

「友達を家に呼んでもいい？」

「ごめんなさい、それは許可できません」

あれ、お母様のことだから笑顔でＯＫ出すと思ってたのに。

加奈《かな》ちゃんや要《かなめ》君は遊びに来てるし、何がいけないんだ？

「どうして？」

「お父さんが言うには、我が家は子供にとってよくない場所だそうです。お家《うち》で遊んでいるうちに、危ないものに触れてしまうかもしれない、と。だから、遊ぶ時はお外か、お友達の家にしてください」

なるほど、納得した。

我が家にはお札や祭具、墨壺《すみつぼ》など、子供の興味を引くものが山ほどある。

万が一、友達が親父の仕事部屋に入って怪我《けが》でもしたら大変だ。

それならいっそ、陰陽師《おんみようじ》関係者以外招かない方が安心である。

「ごめんなさい。お友達を招待したかったでしょう？」

「ううん、陰陽術の勉強もあるし、幼稚園で十分に遊んでるからいいや」

幼稚園で外遊びに精を出すのは、ひとえに健康な心身を育《はぐく》むためだ。

コネ作りを兼ねての運動であって、決して幼稚園児との遊びを堪能《たんのう》しているわけではない。ちょっと童心に返って楽しんだことは否定しないが。

優也に対抗して友達の家へ遊びに行く必要はない……けれど、一度くらい遊びに行った方がいいかもしれないな。

お母様が心配そうな顔でこちらを見ている。

およそ普通の子供らしくない俺だ。お母様を安心させるためにも、陰陽術ばかりじゃなく、一度くらい遊びに出かけるとしよう。

どうせ遊びに行くなら真守《まもる》君の家だな。

転生してから一番親しくしている友達だし、政治家のお父さんに会えれば儲《もう》けものである。

「今度、真守君の家に行ってもいい？」

「庄司《しょうじ》さんの家ですね。分かりました。お母さんの方でもお伺いしておきます」

幼稚園児が親しくしていると、親同士も付き合いができるものだ。

モンスターペアレントと聞いていた真守君ママも、実際に会ってみたら噂と違って良い人だった。

俺が一度訪問するくらい許してくれるだろう。

真守君との友好度も十分だし、今から何をして遊ぶか考えておこう。

第十七話　はじめてのおしごと

はぁ〜。

吐く息が真っ白に染まる。

大人達が防寒着を重ね着するこの季節に、園庭では子供達が体操服だけで走り回っていた。

寒さに負けない子供の体はすごいな。

中身が大人な俺としては、暖房の効いた部屋でぬくぬくすごしたいところだが、そうも言っていられない。

「一周したら先生の所に来てね。コラそこ、ちゃんと列に並んで〜」

俺の通っている幼稚園では、冬季限定の体力向上イベントとして、登園から朝の会までマラソンが行われている。

小さな園庭をぐるりと回り、一周すると先生が手の甲にスタンプを押してくれるのだ。

「はいスタンプ。聖《ひじり》くん頑張ってるね！」

俺の手の甲には、既《すで》に四十個のスタンプが押されている。

前世の体と比べて子供の手は小さく、スタンプを押す余白がほとんど残されていない。

身体強化常用者が本気で走っているのだから当然の結果といえよう。

「ひじりはえー！」

「また追いぬかれたぁ」

大人げないのは分かっている。

それでも、俺が走れば走るほど喜ぶ人がいるから、頑張らざるを得ないんだ。

集めたスタンプは集計され、百周単位で先生お手製のメダル（厚紙）が進呈される。

そのメダルを家に持ち帰ると、俺よりも両親が喜ぶ。

「運動会の徒競走でも一位でしたし、聖は走る才能がありそうですね」

「逃げ足の速さは生存率に関わる。良いことだ」

さらに、定期的に開催されるビデオ通話にて、メダルを見た祖母がこう言ったのだ。

「まぁ！　よく頑張りました。聖さんの将来が楽しみです。私も治療を頑張らなければなりませんね」

そんなこと言われたら俺も頑張るしかないじゃん！

前世で入院していた時、ふと思ったのだ。『俺は今何のために生きているのか』と。

親類縁者がいればその人達のために。

生き甲斐《いがい》があればそれを糧《かて》に。

本来人が生きるのに理由なんて必要ないが、病魔《びょうま》に蝕《むしば》まれていると何か理由がなければ耐えられなくなってくる。

ちなみに俺は理由がなくて耐えられなかった。

逆に言えば、理由さえあれば病魔に打ち勝てたりする。

成功率の低い手術を乗り越えたり、リハビリで奇跡を起こしたり、そういう事例はテレビで特集されることも多い。

実際、俺より高齢で重篤な入院患者が「孫に会うんだ」と言って本当に回復していた。

俺のマラソンによって祖母の寿命が延びるなら、いくらでも走らせてもらう所存だ。

去年は三千五百周できたから、今年は五千周記念メダルを見せてあげたい。

一年で随分と歩幅も広がったし、この調子なら行けそうだな。

「そろそろかな」

両手の甲がスタンプでいっぱいになった頃。

お目当ての人物が園庭にやってきた。

「おはよう、真守君《まもるくん》」

「おはよう……」

憂鬱《ゆううつ》そうな表情でマラソンに混ざってきた真守君と並走する。

運動が苦手な彼は冬になると登園時間が遅くなり、マラソンの時間を回避しようとする。

インドア派な俺としてはとても理解できる行動原理だ。

そんな彼のペースに合わせながら走り、息が上がってしまう前にさっそく本題に入る。

「今度、真守君の家に遊びに行ってもいい？」

「ダメ」

嘘《うそ》だろ？

一年以上かけて育《はぐく》んだ友情は俺の一方通行だったのか？

なんて、そんなわけはないだろう。我が家と似たような理由でダメなのかもしれない。

……そうだよな？

「どうしてダメなの？　お母さんがそう言ったのかな」

「うん。パパも」

両親揃《そろ》ってダメということは、うちと同じく家の方針だろうな。

政治家の父親というと、書斎に機密文書でもあるのだろうか。

もしくは、政治家のイメージ戦略として付き合う相手を厳選しているとか。

俺が庄司家《しょうじけ》の事情を推測していると、脇腹を押さえ始めた真守君が続けて話す。

「おはらいしなきゃダメだって、パパが」

お祓《はら》い――それは業務拡大した現代の陰陽師《おんみょうじ》にとって、とても馴染《なじ》み深い言葉である。

しかし、普通に生活している人にとっては縁遠いもの。せいぜい厄年《やくどし》に思い出すくらいだろう。

だから、まさか真守君がその言葉を口にするとは思いもしなかった。

これはもしかすると、もしかするんじゃないか？

俺は予想外の展開に胸を弾ませながら問いかける。

「その話、詳しく聞かせてくれない？」

◇◇◇

帰る時間がやって来た。

昇降口には子供を迎えに来た母親達が列を成しており、その近くで待機する園児は自分の母親が来たかどうかそわそわしながら待っている。

普段の俺なら保護者目線で『微笑《ほほえ》ましいなぁ』と見守るのだが、今日の俺はそわそわ仲間に加わっていた。

おっ、さすがお母様、いつも通り早く迎えに来てくれている。

「今日も聖君はいい子でしたよ。お友達の面倒を見たり、マラソンを頑張っていました」

「それは良かったです。また明日もよろしくお願いしますね、先生」

俺が靴を履《は》き替《か》えている間に、大人達の間で報告が行われる。

いつものことだが、自分のことを目の前で話されるのはむず痒《がゆ》く感じる。

「優也《ゆうや》は？」

「先にお迎えして、今は遊具で遊んでいますよ」

園庭の方を見れば、友達とジャングルジムで遊ぶ弟の姿が見えた。あれならしばらくは遊ぶのに夢中だろう。

俺の用事を済ませてから迎えに行けばちょうどいいはず。

お母様と一緒に辺りを見渡せば、目的の人物はすぐに見つかった。

「庄司さん、こんにちは」

「はい？　あぁ、峡部《きょうぶ》さん。こんにちは」

お母様の挨拶《あいさつ》に反応し、帰る気満々だった真守君母子が立ち止まる。

真守君ママはハイスペックな夫を捕まえただけあって、器量が良い女性だ。もちろんお母様には及《およ》ばないが。

年齢も少し上で、先輩ママとしてためになる話を聞かせてくれたりする。真守君が母親似なせいか、なんとなく親しみを感じるママさんだ。

この先の会話はあまり人様に聞かせられない。

比較的人の少ない門の前へ移動し、早速俺からお願いをする。

「真守君の家にお邪魔してもいいですか」

とは聞いたものの、真守君ママの返事は既《すで》に分かっている。

「家で遊ぶということ？　しっかりとお願いができて立派ね。でもごめんなさい、今はダメなの」

真守君から事情は既に聞いている。予想通りの反応だ。

そしてこれは、話題を誘導するための前振りに過ぎない。

「お気になさらないでください。私達の家も夫の意向でお友達を招待できないですから」

「いえ、そういうわけではないんです。一ヶ月後とかなら歓迎するんですけど……」

母親同士で会話が進んでいく。

何か不穏なものを感じ取ったお母様は、普段お世話になっている真守君ママの悩みを放置しておけなかったようだ。

俺が核心を突くまでもなく、上手《うま》いこと聞き出してくれた。

「ちょっと住宅トラブルがありまして。家が危険なので、今はホテルに泊まっているんです」

「もしかして、水道管が破裂したとか？　シロアリで柱がボロボロになっていたとか？それともご近所トラブルで脅迫文が届いたとか！」

お母様、それは昨日見たバラエティー番組の話でしょう。

そっちはそっちで怖いけど、今回のトラブルは我が家の領分ですよ。

「絵が動いた……ですよね」

俺が呟《つぶや》いた言葉を、真守君ママは聞き逃さなかった。

「真守、話しちゃったの？」

「うん……ごめんなさい」

母親の困ったような声に罪悪感を覚え、真守君は俯《うつむ》いてしまった。

いや、悪いのは強引に聞き出した俺だから。真守君を怒らないであげて。

この空気を変えるため、俺は本題に入る。

「真守君のお母さんなら、陰陽庁をご存知ですよね。関東陰陽師会へ依頼を出す前に、峡部《きょうぶ》家《け》のご利用はいかがでしょう」

「え？」

真守君ママは、聞いた言葉を理解するのにしばし時間を要《よう》した。

それもそうだろう、幼稚園児が突然営業トークを仕掛けてきたのだから。

俺が子供らしくない言動をしてまでこの件に首を突っ込んだのには理由がある。

以前、ダメもとで『お父さんの職場で陰陽師の仕事を手伝いたい』とお願いした時、親父が言ったのだ。

『職場は無理だ。だが、近所で簡単な妖怪退治の依頼が出たとき、依頼主が許可すれば連れて行っても構わない』

この条件、緩いようで結構厳しい。

まず、近所に妖怪が発生しない。

智夫雄張之冨合様《ちふおちようのふあいさま》の奇跡によって、一学区くらいの範囲が聖域となっているようだ。

聖域内では妖怪発生の原因となる陰気が浄化されてしまう。

一年ほど、ご近所限定で依頼自体がなくなっている状況である。

次に、親父の休みが少ない。

平日は仕事があるうえ、土日も帰ってこないことがある。

人命にかかわる恐れがある妖怪退治は即解決が期待されるため、都合よく土日に依頼が舞い込むことを祈るしかない。

最後に、子供の同行許可を得られない。

依頼主は怪奇現象に怯《おび》えている。

そんなところへ幼稚園児を連れて行くと言われて、素直に許可を出す人間は少数である。

これらの前提条件を満たすには今回の案件がピッタリだ。

想定される妖怪は激弱で、知り合いなら依頼発注のタイミングも操作可能。

俺の紹介で受注した仕事に俺がついて行くのは道理である。

転生してから今日まで、さんざん陰陽術の勉強をしてきた。

座学も大事だが、結局実戦が一番勉強になるのはトランプも仕事も一緒である。

いい加減実戦経験を積みたい。

……正直に言えば、親父の鬼退治を見て男の子の血が騒いだだけだったりする。

「陰陽庁や関東陰陽師会に依頼すると、妖怪発見時状況報告書や依頼発注届の提出に加えて、妖怪退治後にも報告書と誓約書を書かされます。峡部家《うち》に依頼すれば、その他諸々《もろもろ》の手続きを代行できますよ！　しかも、父は国家から依頼を受けるチームに所属していて、その実力は折り紙付きです。ちょうど今度の土日が休みなので、すぐに悩みを解決できますよ。いかがでしょうか！」

全部言い切ってから気が付いた。

これこそ、自分の趣味を語るオタクが早口になる感覚なのだな、と。

やってしまったものはしょうがない。

依頼主の反応やいかに。

「それじゃあ、峡部さんの家にお願いしましょうか」

ちょっと苦笑いしながら、真守君ママはそう言った。熱意が伝わったようだ。

俺、陰陽師限定で営業職に向いているかもしれない。

こうして、陰陽師見習い 峡部 聖の初仕事が決まった。

◇◇◇

朝食を食べたところで、俺と親父は荷物を持って出かける。

まだ暗い早朝の住宅街を歩きながら、俺は背中のリュックを背負いなおした。

リュックの中には俺が普段使っている陰陽術道具が詰まっており、どんな場合にも対応できるよう備えてある。

失敗は許されない。

なにせ、これが俺の初仕事になるのだから。

「あまり浮かれないように」

スーツ姿の親父が釘を刺してくるも、俺の高揚する心を抑えるには至らない。

なにせ、散々練習してきた陰陽術を初めて実戦使用する機会が訪れたのだ。

陰陽師として依頼を受けるという、最高にファンタジックな体験を前にし、興奮しない男がいるだろうか、いや、いない。

思わず反語を使っちゃうくらい浮かれている俺を見て、親父は何度目か分からない確認を行う。

「あくまでも私の手伝いだ。私が危険だと判断したら、すぐに中止させる」

「そんなに心配しなくても分かってるよ」

親父はこう言うが、正直今回の仕事は失敗のしようがない。

ターゲットは真守君の絵に取り憑《つ》いた妖怪で、推定脅威度《きょういど》は2である。

関東陰陽師会刊行の指南書によると、脅威度2は微弱なポルターガイストを起こせるレベルであり、最悪の場合死者が出ることもあり得る。

とはいえ、今回のターゲットは脅威度2のなかでも低級な部類だろう。

物に取り憑く時点で『現世に存在するのが難しいから引《ひ》き籠《こ》もっています』と自己紹

介しているようなものだ。

おんみょーじチャンネルで見た鬼火《おにび》よりも貧弱、そのうえ動けない妖怪が相手である。普通に準備をすれば負けようがない。

そんな弱い敵相手にも油断せず、親父の確認は続く。

「絵画に取り憑いた妖怪の退治方法は」

「内向型の結界を張って、その中で焔之札《ほむらのふだ》による焼却。もしくは神の祝福による浄化」

「……正解」

ふん、こんな問題基本中の基本だ。

真守君から事情を聞いたその日にしっかり復習してある。

「今回注意すべき点は」

「念力すら使えない相手だから、怪我《けが》の心配はないはず。測定しないと分からないけど、多分陰気の拡散は軽微だと思う。護身用の御守りで十分かな。あとは、止《とど》めを刺《さ》すときに油断しないことと、火事を起こさないこと」

「……よく勉強しているな」

社会人としての経験をもとに、どんな情報が現場で必要になるか常に意識しながら勉強している。

前世の学校では与えられる知識を漠然《ばくぜん》と暗記し、テスト期間の終わりと共に忘却の彼方《かなた》送りである。そんな粗末な知識を活《い》かせる機会が訪れるはずもなく……。

本当にもったいないことをしてしまった。

同じ轍《てつ》は踏《ふ》むまい！

俺はその後も親父の問いに即答してみせた。

「……油断だけはするな」

どうやら、親父の合格を得られたようだ。

お手伝いの許可を貰《もら》う時にも同じやり取りしたんだけどなぁ。

本番前の最終確認といったところか。

真守君の家は幼稚園や小学校を挟んで、ちょうど我が家の反対側に位置する。

普通の幼稚園児なら途中で疲れてしまうだろう距離も、マラソンで規格外の周回を誇る俺にとっては余裕だ。

閑静な住宅街をテクテク歩き、ようやく目的地に近づいてきた。

背が低い俺の目にも、とある住宅の門前で待つ二つの人影が見えてくる。

一人は真守君、もう一人は真守君ママだ。

親父が二人と会うのは去年のお遊戯会以来である。

「お久しぶりです。改めまして、聖の父、峡部家当主強《つよし》と申します。本日は息子の無茶を聞き入れてくださり、誠にありがとうございます」

「いえ、ちょうど依頼を出すためにいろいろ調べていたところですから、むしろ助かりました」

「ありがとうございます。ご期待に沿えるよう、尽力いたします」

挨拶を終えたところで家の中へ向かうのかと思いきや、真守君達が門を開けてくれない。

どうしたんだろう？

「あの、家に入って大丈夫なんですか？　夫が『くれぐれも家には入るな』と注意していたもので」

「問題ありません。襲われた場合は私が対処します」

あぁ、なるほど。

自宅に妖怪が現れたのだ、知識のない人からしたらそりゃあ怖いよな。

政治家ともなると陰陽師界を知っている。それすなわち、妖怪が人間憎しで死や穢《けが》れをばら撒《ま》く存在だと知っているということ。

そんなものが家族の近くにいると聞いたら、全力で逃げるよう指示するだろう。

真守君パパの判断は正しい。

しかし、俺達専門家は知っている。

今回の敵は恐るるに足らぬ相手だと。

真守君曰《いわ》く、絵の妖怪が物を飛ばしてくることもなかったという。

脅威度2が人を殺す事例は、念力による飛来物の激突と、それに伴《ともな》う転倒が死因となる場合が多い。

あまり現世に干渉《かんしょう》できない妖怪は、間接的に人間を害すので限界なのだ。

絵は真守君の部屋にあるというし、リビングなら安全だろう。

真守君ママは専門家の落ち着いた態度を見て安心したのか、家の中へ案内してくれた。

リビングへと移動した俺達はソファーに座り、商談を始める。

「では、早速ですが契約内容のご確認をお願いいたします」

大人達の間で話が進んでいく。

事前に電話で打ち合わせをしているため、今日は契約内容を確認し、判子を押してもらうだけで終わる。

契約書には、陰陽庁が頒布している基本条項《テンプレート》や今回の依頼の詳細、依頼料などが記載されており、親父がワードで作っていた。

個人間で依頼を受ける際は、その他書類を含めて自分で作成する必要がある。

親父が仕事部屋でパソコン操作する姿を見て、久しぶりに社畜生活を思い出した。陰陽師になっても書類仕事からは逃れられないのか……と、現実を突きつけられた気分だ。

「はい、問題ありません。主人の同意も得ています」

「ご契約ありがとうございます。それでは、問題の絵画を拝見させていただきたく」

息子の友人相手に不義理なことをするはずもない。契約は滞りなく進んだ。

親父は署名捺印《なついん》された契約書をリュックにしまい、絵画の場所を聞き出した。

いよいよ妖怪退治本番である。

一室を借りて狩衣《かりぎぬ》に着替えた俺達親子は、妖怪が現れた真守君の部屋へ向かう。

万が一を考え、真守君達にはリビングで待っていてもらうことにした。

階段を上ってすぐの部屋、そこが真守君の部屋である。

早速部屋に入る……その前に。

俺はリュックからとある道具を取り出す。

「それ何？」

「陰陽均衡《きんこう》測定器」

これは陰と陽のバランスを簡易的に測定できる装置であり、本来平衡《へいこう》となるはずの陰と陽がどれだけ崩れているのか確認できる。

測定器なんて大層な名前だが、挟み込んだ札が陰気と反応して黒くなり、その色を見本と比較するというシンプルな道具だ。

って、あれ？

「真守君なんでここにいるの？　危ないからリビングで待っててよ」

どうやって母親の目を盗んだのか、真守君が俺の後ろにしゃがみ込んで測定器を見つめていた。

「母親を呼んでくる。ここから動かないように」

親父は子供を御する自信がなかったのか、階段を降りて真守君ママを呼びに行った。

二人きりになったところで、真守君が俺に問いかける。

「捨てちゃうの？」

捨てる？

もしかして、絵を燃やすことを言っているのかな。

「うん。絵に取り憑いた妖怪を退治するにはそれしかないから」

「………………」

真守君は黙り込んでしまった。

ここに来たからには何か理由があってのことだろう。

そして、その理由はここまでのやり取りで察することができる。

「やだな……」

二年近く付き合ってきた俺には分かる。これは、自己主張が苦手な彼の、精一杯のお願いだ。

燃やさずに妖怪だけを退治する。

それは……ちょっと難しい。

絵に取り憑いた妖怪は、必ずと言っていいほど嫌がらせをしてくる。

奴《やつ》らは例外なく退治される運命にあるが、倒される瞬間、取り憑いた絵を道連れにするのだ。

滅ぼされるならせめて絵を燃やし、持ち主を悲しませてやろうという、低級妖怪のせめてもの嫌がらせである。

それを防ぐには神の祝福によって浄化するか、どこかにあるかもしれない秘術を探すしかない。

妖怪退治事例集にも載っていたし、親父もそう言っていた。

低級妖怪如《ごと》きに神の奇跡を利用するには、〝モナ・リザ〟とか芸術的価値のある絵でなければ話にもならない。

要するに、俺達陰陽師の技術では絵を守れないのだ。

「ごめんね。前の絵は練習だと思って、もう一度新しいのを描いてくれる？」

「……うん」

そんなやり取りをしているうちに、真守君ママが連れ戻しにやって来た。

「聖君を応援するだけって言ったのに。危ないでしょう！」

「ごめんなさい……。でも、捨てちゃうって」

「残念だけど、諦《あきら》めましょう。これからもっと良い絵が描けるから」

そう宥《なだ》めつつ、真守君ママも絵が燃えてしまうことを悲しんでいるようだ。

絵画教室に通わせているくらいだし、子供が一生懸命描いた絵を大切にしているのだろう。

俺だって、できることなら絵を取り戻したい。でも、やり方が分からないからなぁ。

「お邪魔してすみません。ほら、行きましょ」

真守君ママは息子を連れてリビングへ戻っていった。

戻って来た親父が、リュックから連結式の棒を取り出しつつ聞いてくる。

「均衡は？」

「あっ、えーと、六。異常なし」

五分間の測定時間は過ぎている。

灰色に変わったお札を見本と照らし合わせた結果、ほぼ平衡であると判明した。

色の見本は一～十に分かれており、一なら陽、十なら陰に傾いていることを表す。一番良いのは五～六の平衡だ。何事もバランスが大事だったりする。

極まれに穢れに特化した災害型が潜んでいたりするので、こうして突入前に調べるのだ。

「強い気配もない。ネズミに偵察させる」

「うん。……ねぇ、お父さん」

式神を召喚しようとする親父に、俺は問いかける。

「どうした」

「絵を燃やさないで妖怪を退治できないかな」

それができないことはとっくに確認している。人様の家で火を焚《た》くのは危ないだろう、と。その答えが低級の悪あがきである。

だが、ダメもとで聞いてみた問いに、親父は意外な答えを返した。

「脅威度2なら、試してみるといい。お前ならできるかもしれない」

てっきり反対されるかと思っていた。

妖怪相手にセオリーから外れる行動は、危険を増やす可能性が高いのだから。

「だが、決して、油断するな。常に失敗したときの対策を考えろ」

「分かった」

親父の後押しを受け、俺は新たな課題に臨《のぞ》むのだった。

懐の御守りへ霊力を込めながら。

◇◇◇

親父の召喚したねずみ二匹が、小さく開けた扉の隙間から部屋へ侵入した。

しばらくして、即席結界の中で視界を共有している親父が一つ頷《うなず》く。中の安全を確認できたようだ。

親父が先頭に立ち、俺達は遂に現場へ突入する。

部屋に入って最初に目に付いたのは、壁に飾られている絵画だった。

大きな窓から差し込む朝日が照明代わりとなり、いくつも並ぶ絵画を照らし出している。

絵画といっても、堅苦しい風景画や、何を描いているのか不明な抽象画ではない。

芸術に疎い俺が一目見ただけでも、その絵の価値が伝わってくるものである。

(あぁ、そういうことか。これは確かに、燃やしたくないな)

飾られている絵画のモチーフはすべて真守君の家族である。

その中には以前、幼稚園で俺に見せてくれた水族館の絵もあるではないか。

壁を横断する絵画の列は、いわば真守君の絵日記であり、幼稚園時代の思い出が鮮やかに描かれている。

絵日記の一番古いページは、入り口から一番遠くにある、日の当たりづらい部屋の角にあった。

(これが、今回のターゲット)

平和な庄司家に入り込んだ妖怪が取り憑いたのは、真守君が初めて描いたという絵である。

俺は妖怪を——否《いな》、絵画を見て、真守君が燃やすのを嫌がった理由に納得した。

妖怪が取り憑いたという絵画にも当然、真守君の家族が描かれている。

最新の絵と比べると断然拙《つたな》いが、リビングで家族団欒《だんらん》を過ごす光景が描かれていると一目でわかった。

真守君ママとパパ、歳《とし》の離れたお兄ちゃんが笑顔でこちらを向いている。

この絵が燃えるということは、幸せな思い出を燃やしてしまうということ。

それは何とも縁起が悪いし、気分が悪いだろう。

(真守君ママも残念がるわけだ)

息子が初めて描いた絵がこれほど素敵なものだったら、そりゃあ残しておきたくなる。

今思い返せば、俺の前世の両親もそうだった。

遺品整理の時、押し入れの手前側に置いてあった段ボール箱には、俺の子供の頃の品が幾つも保管されていた。

何度も取り出しては眺めたのだろう、段ボールはボロボロだった。

恥ずかしいやらむず痒《がゆ》いやら、別れの時に枯れたと思った涙が、さらに溢《あふ》れ出《だ》したのを覚えている。

俺に絵を見せる時、真守君がはにかみながら教えてくれた。

『ママが褒《ほ》めてくれた』

真守君にとっても、真守君ママにとっても、子供であるこの瞬間の思い出こそが大切なのだ。

同じ絵を描いたところで、取り戻せるものではない。

親友のために、ここは一肌脱ぐとしよう。

プロ（予定）として、顧客の要望に応《こた》えてみせよう。

俺のイメージするプロというのは、周囲よりも一段高い技術を持って、素人には不可能と思われる仕事を華麗にこなしてみせる職人だ。

やはり、逸話となるような業績を残してこそ、周囲が一目置く業界の第一人者を名乗れるだろう。

そうして日本中の誰もが知る有名人になれたら、今度こそ悔いなく死ねる。

俺達が部屋へ侵入したことで、妖怪は自らの存在意義を発揮し始めた。

取り憑いた絵を歪《ゆが》ませ、それを見た人間に不快感を与えようとするのだ。

すると当然、完成されていたはずの庄司家の幸せな光景が崩れ去ってしまう。

妖怪はどうすれば人間が不快に思うか心得ているようで、真守君ママの顔は不気味に膨《ふく》れ上《あ》がり、パパとお兄ちゃんは体のパーツをバラバラにされて宙を漂《ただよ》い始める。

暖かな配色は混ざり合って濁りだし、背景のリビングは泥沼へと変貌してしまった。

おーおー、よくもやってくれたな低級め。

そんなもん見たら俺の親友が悲しむだろうが。

お前の行動は陰気を増やすどころか、陰陽師のやる気に燃料を注《そそ》ぐ愚策中の愚策だ。

「脅威度2で間違いない。予定通り準備を行う」

「分かった」

俺が新たな試みに挑戦するか否かは関係なく、セオリー通りの準備は必要となる。

扉の外で取り出しておいた耐火素材のシートを広げ、その上に予《あらかじ》め用意していた陣の描かれた大判紙を敷く。

この陣に霊力を注げば非物質の結界が張られ、内から外への霊的干渉を軽減できるのだ。

そう、この結界は妖怪を閉じ込めるための檻《おり》である。

陰陽師として才能のある者ならば、この非物質の結界を視認することは可能だ。

結界の構築を確認した親父は、手に持った鉤《かぎ》付きの棒を器用に操り、壁に飾られた絵画を吊《つ》り上《あ》げた。

パタン
俺達の早業《はやわざ》を前に、妖怪は何の抵抗もできず捕まった。

家で何度も練習した成果である。

予想外の反撃がないことに小さく安堵《あんど》していると、親父が目配せしてきた。

(何か試《ため》すなら今だ)

そんなメッセージを受け取った俺は、早速右手から触手を伸ばしてみた。

これから俺がやろうとしていることは、普通の人が不可能と判断した試《こころ》みである。

真守君同様、美術品を惜しむ依頼人は当然いただろう。

なのに、妖怪から美術品を護《まも》った事例は読んだことがない。

絵画に限らず、低級妖怪は美術品に取り憑くことが多い。

奴らは美術品を依《よ》り代《しろ》とし、その身を保持しているのだ。

つまり、美術品そのものとなった妖怪はほぼノータイムで干渉してくる。文字通り、我が身なのだから。

この不条理を打ち破るには、二つの方法が考えられる。

・妖怪より早く美術品を保護する。
・妖怪を美術品から引き剝がす。
我ながら凡庸《ぼんよう》な発想力である。

まぁ、多少奇抜な作戦だとしても、俺が五分で考えたアイデアなどとっくの昔に試《ため》されているに決まってる。

ならば、俺が工夫すべきなのは方法ではなく手段だ。

七五三での出来事を機に、俺は親父に色々秘密を話している。

霊力の精錬を始めとして、不思議生物と裏世界の存在、身体強化と触手の能力についても話し合った。

俺がこれまで体験してきたことは一般的なのか否か、いい加減知りたかったのだ。

峡部家の繁栄という観点で考えても、親父と技術を共有すべきなのは明白だ。

さて、その結果分かったことは……。

〝俺の体験してきた全ては、およそ普通の陰陽師とは縁のないイレギュラーな出来事である〞

ということだった。

特に触手については、親父曰く『わけがわからない』とのこと。
・普通、霊力を空気中に放出したら霧散《むさん》するらしい。しかし、俺はそれを凝集《ぎょうしゅう》して意のままに操っている。

一般的に、霊力そのものが物理的効果を齎《もたら》すことはないらしい。しかし、俺は触手で高いところにある祭具を下ろしたり、零《こぼ》したジュースを拭《ふ》くためにティッシュを取ったりできる。

なんなら離れた場所の音を聞いたり、不思議生物を掴《つか》むこともできる。

そのくせ霊力と同じで視認できないため、何もない空間から突如ツンツンしてくる触
手に親父は翻弄《ほんろう》されていた。


「…………⁉」

触手で肩を叩かれた親父は目を見開き、落ち着きなく辺りを見渡していた。
目の前でブラブラさせているのに、気が付いた様子はなかった。
凡人な俺が過去の偉人達を超《こ》えるには、これくらい奇抜な手を使わなければ不可能だ
ろう。
まな板の上の鯉となった妖怪は意味もなく絵を歪ませるばかり。
今こそチャンスだ。
俺は触手を伸ばし、恐る恐る絵に触れてみた。
(良かったぁぁぁ！　反撃とか来なかった！)
不思議生物相手に油断してダメージを喰らったことは記憶に新しい。
今回はしっかり重霊素《じゅうれいそ》で覆っているが、妖怪に対して通用するかは不明である。

不明であるからこそ、可能性が詰まっているわけだが。

予想外の反撃がいつ来るともしれない。俺としては早く決着をつけたいところ。

床に置かれた絵にピトッと触手の先端をつけた状態で止まっていた俺は、恐る恐る触手を動かしていく。絵画のガラス面を撫《な》でる感じで。

こうすることで何ができるかは分からない。

なんか都合よく妖怪が飛び出てきたり、触手でからめとれないかなー、と期待しての行動だ。

（ん？）

触手から伝わる感覚に意識を集中させていると、何か知っている反応を感じた。

これは……なんだっけ……えーと。

すごく希薄な思い出なんだけど、間違いなくこの感覚をどこかで体感している。

加速する思考の中、俺は遂《つい》に過去の思い出から記憶を手繰《たぐ》り寄せた。

（あっ、縁日の金魚すくいだ）

ポイを水面《みなも》につけた瞬間逃げ惑う金魚の挙動、それに似た感覚が絵画から伝わってきた。

もしかして、絵画の中の妖怪が触手から逃げているんじゃ？

試しに触手を素早く動かしてみれば、中の妖怪は絵画という水槽の中を全力で逃げていく。

勝った……！

俺は運のいいことに初手で正解にたどり着けたようだ。

逃げる妖怪を全力で追いかけ、ついに触手が妖怪を捉《とら》えた。

（逃がすか！）

妖怪を引《ひ》っ摑《つか》んだ瞬間、俺は触手を引き上げた。気分は金魚すくいというより釣りである。しかも追尾機能付きルアー使用中。

（真守君の絵から……出てこい！）

ほんの僅《わず》かな抵抗の後、絵に引きこもっていた妖怪が姿を現す。

触手に捕まっているのは、黒い靄《もや》のような塊。

脅威度2は存在自体が不安定な妖怪で、多くの場合輪郭《りんかく》も曖昧《あいまい》な霧状の外見であると書いてあった。

事例集で見た図解の通りだ。

（後は焔之札で焼却処――）

俺は奇策が通じたことに内心歓喜しつつ、冷静に次の手を考えていた。

だが、懐《ふところ》から札を取り出したところで予想外の事態に陥《おちい》った。

シュワァァ
霧が晴れるような感じで、妖怪が消えてしまったのだ。

触手で霧を摑むという不思議な感覚が、いつの間にか失われている。

姿が見えなくなったのではなく、目の前からいなくなった⁉

まずい、これはまずい！

「お父さん、逃げられた！　どうしよう！」

何故《なぜ》だ、どうして逃げられた。

妖怪は結界の中にいたはずなのに、触手で摑んでいたのに、俺の見ている前でその姿を消した。

いったいどこに逃げたんだ⁉

慌てて周囲を見渡す俺は、親父から返事が返って来ないことに気が付かなかった。

「落ち着け。……懐に入れている札を見せなさい」

いや、こんな時に何を？　と戸惑う俺の上衣をめくった親父は、内ポケットに入れてあった御守りを取り出した。

部屋へ突入する前に霊力を注いだ御守りだ。

低級とはいえ、妖怪は総じて陰気や穢れをばらまく存在である。

妖怪に接近する可能性があるときには、空気清浄機代わりの御守りを装備する。危険地帯での防毒マスクみたいなものだ。

で、それがどうかした？

そんなことよりも逃げた妖怪を探さないと。

「妖怪は退治された」

「まだ何もしてないけど」

「この御守りで祓われたようだ」

いやいや、御守りにそんな機能ないでしょう。

指南書にも書いてなかったし。妖怪の接近を躊躇《ためら》わせる効果があるだけで、退治するほどの力はないはず。

「お前の御守りは霊力が漏れている。その霊力が妖怪に作用した……かもしれん」

そういえば前にもそんなこと言われたっけ。

え、でも霊力そのものには妖怪を倒す力がないと思ってたんだけど。

うーん、陰陽術はそもそもの技術が謎だから、論理的に考えるだけ無駄か？

触手という前例もあるし。

「妖怪が逃げた可能性は？」

「妖怪が退治された場合、あのように塵《ちり》となって消える。結界を破る力もなし。逃げた可能性はない」

そ、そうか……良かった。

初仕事で失敗とか、陰陽師人生に傷がついてしまうところだった。

安堵する俺に親父が尋ねてくる。

「触手か？」

「うん」

親父はそれだけ聞いてなにやら考え込んでいた。

それも仕方あるまい。

だって、見事絵画を傷つけることなく妖怪退治に成功したのだから。

前代未聞、なかなかの快挙である。

妖怪を取《と》り除《のぞ》いたので、歪んでいた絵も元通り。

幸せそうな家族の思い出を無事に守ることができた。

真守君に良い報告ができそうで何よりである。

文句なしに初仕事成功といえよう。

ご満悦な俺へ、親父が告げる。

「今回の仕事は、誰にも話さないように。特に、絵を護ったことは」

えっ、誰かに言いふらしたくてたまらないんだけど。

そんな気持ちも浮かんだが、直前の問いを思えば当然の指示だった。

どうやって妖怪の悪あがきから絵を護ったのか、説明しようとしたら俺の触手《ひみつ》をばらすことになる。

『峡部家の秘術だ』とゴリ押しすることもできるが、組織から圧力を掛けられたらどこまで抗《あらが》えるか分からない。

そのうえ、同様の依頼が舞い込んだ時、触手を使えない親父は俺を連れ出すことになる。

当主ができないのに幼稚園児ができる……要らぬ注目を集めてしまいそうだ。

俺が成人してバリバリ働けるようになってからなら問題あるまい。

それまでは、技術漏洩《ろうえい》に繋《つな》がるようなことは控えるべきだ。

「うん、分かった」

「……よろしい」

親父の考えに納得したから元気よく返事したのに、なんだよその間は。

かくして、俺の初仕事はひっそりと幕を閉じた。

◇◇◇

「依頼は無事、完了しました」

「よかった……ありがとうございます」

仕事道具を片付けた後、俺達は依頼人へ報告するために一階リビングへと戻った。

初仕事ということで無意識に緊張していたのか、時計を確認したところ二十分も経《た》っていないことに驚いた。

俺の感覚では一時間くらい経っているのだが。

「ただ、契約書の機密事項に関しまして、改めてお願いしたいのですが……」

「はい、なんでしょうか」

「ぼくの絵は？」

大人達の会話などそっちのけで、真守君が声を上げた。

普段の彼なら絶対にこんなことしない。よほど大切な絵だったようだ。

「それならここにあるよ」

親父に話を続けるよう目配せしつつ、俺は紙に包んだ絵画をテーブルに乗せた。

紙を丁寧《ていねい》に外して真守君に渡す。

「…………」

絵を手に取った真守君は、また絵が動き出したりしないかじっと見つめて確認している。

大丈夫だよ、妖怪はもう退治したから。

でも、一つだけ注意事項がある。

「真守君、見終わったら僕に絵を渡してね。しばらくは壁に飾らないで、この紙で包んでおいて。妖怪が取り憑いたということは、その絵に妖怪が取り憑きやすい条件が整っているってことだから、また妖怪が来ちゃうかもしれない。この紙に包んでおけば妖怪から守れるんだ。分かった？」

「……うん」

子供は結構話を聞いているものだ。

地頭がいい真守君は、しっかり事情を説明すれば納得してくれる。

その後、親父のお願いを快諾してくれた真守君ママも一緒に絵を眺め、しばらくして絵を渡してくれた。

俺はその絵を再び紙で包んでいく。

二枚糊付《のりづ》けされた紙には内側に陣が描かれており、霊力を注げば御守りに近い効果を発揮する。

これでもう妖怪が取り憑くことはないだろう。

絵を歪ませることしかできない低級妖怪だったが、人を不幸にする力はちゃんと持っていた。

この妖怪が家に居座《いすわ》ると、少しずつ陰気や穢れが拡散され、家の住人を蝕《むしば》んでいくのだ。

陰気そのものは悪いものではない。

家庭にトラブルを引き起こしたりするが、それを乗り越えて成長したり、絆を深めたりするきっかけともなる。

しかし、それが積もり積もって余裕がなくなれば、いつの間にか負のサイクルに陥り、やることなすこと全部上手くいかないなんてことに。

要するに、妖怪が家にいて良いことなど何もないのだ。

さて、そんな妖怪が何故真守君の家に入り込んだのか。

政治家の家というだけあって結界が築かれており、普通なら侵入されることなどありえないはず。

つまり、今回の騒動には理由がある。

「先程お庭を拝見した際、結界が壊れているのを確認しました。先月の台風で要《かなめ》となる札が破れたようです」

親父はサラッと嘘《うそ》をついた。

台風も原因の一つだが、主要因は他にある。


――智夫雄張之冨合様の奇跡だ。


神社を起点に広がった聖域は、その地域の穢れを祓い、陰気を打ち消してくれる素晴らしい代物《しろもの》である。

だが、光あるところに影がある。まるで陰と陽のバランスを保つかの如く、聖域の辺縁部はなぜか陰気が集まる傾向にあるという。

庄司家の立地はちょうど辺縁部に当たっていた。

陰気が集まれば人は不運に見舞われ、それはやがて穢れを、ひいては妖怪を生み出す。

この事実は経験則から広く知られており、神に頼りすぎてはいけない教訓として、陰陽師の間で語り継がれている。

しかし、こんなことを説明しても霊感のない人には納得できないため、親父は分かりやすい理由でお茶を濁したのだ。

実際、たくさんの不幸をもたらす自然災害は結界に負荷をかけるから、あながち嘘ではない。

庭の一角にある灯籠《とうろう》の中には、草臥《くたび》れたお札が隠されていた。

陰気の過負荷《かふか》によって結界の寿命が早まったのだろう。

守りを失った庄司家は、運の悪いことに妖怪の侵入を許してしまったのだ。

「私が結界を直すことも可能です。もしくは、知り合いに結界専門の陰陽師がいるので、そちらに依頼することも可能です。多少値は張りますが、専門家に依頼することをお勧めします」

「主人と相談してみます」

親父……商売下手かよ。そこは自分を売り込めよ。

いや待て、俺の友達相手だから誠意を見せているのか。

結界専門の陰陽師といったら殿部《でんべ》家のことだし、ほとんど身内みたいなものだ。

機会損失には当たらない。

その後、親父は結界構築の見積もりをするため庭へ向かった。

俺もついて行こうとしたのだが……。

「休みなさい。友達と遊ぶといい」

と、要らぬ気遣いによって置いて行かれた。

結界構築に必要な情報の現地調査のやり方、興味あったのに。

もしかしたら親父は、俺が友達の家に遊びに行こうとして初仕事を請け負うことになったと、お母様から聞いていたのかもしれない。

正直、初仕事が心を占有していて、友達の家云々《うんぬん》は親父に言われるまで忘れてたけど。

今リビングにいるのは真守君と真守君ママ、そして俺の三人だ。

この状況で真守君と遊ぶというのも、なんか違う気がする。

俺の心が完全にお仕事モードに入っていて、依頼人である真守君ママを放置できない。

とりあえず俺は、この場の全員に関わる話題を振ってみた。

「真守君のママも、絵が好きなんですか？」

「え？」

まさか自分に話しかけてくるとは思っていなかったようで、真守君ママは少し戸惑っていた。

しまった、この場の正解は子供同士でおしゃべりする、だったか。

今更話題変更もできないので、このまま真守君ママの返事を待とう。

「バレちゃった？　実は私も、昔から絵を描くのが好きで、一時期は芸術家を目指していたの」

真守君ママははにかみながら答えてくれた。

「でも、私にはあんまり才能がなかったみたいで、お仕事にはできなかったのね。そしたら、うちの息子達に才能があると分かって、習い事にも通いたいって言い出して、私もついつい熱が入っちゃって――」

誰でもいいから話したくてたまらない、自分の息子を自慢したい、そんな感情が伝わってくる。

俺も初仕事の功績を自慢したくてたまらないからよく分かる。

息子の絵を見つめる真守君ママの眼差《まなざ》しは、単なる思い出の品へ向けるそれではなかった。

それに、真守君の部屋だけでなく、廊下やリビングなど至る所に絵画が飾られている。

絵に対する並々ならぬこだわりを感じたのは間違いじゃなかったようだ。

今も、子供相手だということを忘れて饒舌《じょうぜつ》に語っていらっしゃる。

「――感性を大切にしたいから、ちょっと教室を抜け出すくらい良いじゃないって怒鳴っちゃったのはやりすぎだったと思うけど、でもやっぱり独創的なアイデアは……って、あはは、ごめんなさいね一人で語っちゃって。私が絵を描いていることを話したのなんて久しぶりで」

いえいえ、真守君を取り巻く環境が垣間見《かいまみ》えて興味深かったですよ。

真守君は真守君でマイペースに絵を描き始めているし。

真守君パパは美術品鑑賞が趣味で、その縁で御夫婦は出会ったのだとか。真守君のお兄ちゃんも絵画教室に通っており、アーティスト一家に生まれるべくして生まれたのが真守君だったというわけだ。

俺が護ったあの絵は、真守君が誰に教わるでもなく描き始めた最初の作品で、真守君ママが息子の才能を確信したきっかけであった。

確かに、あの絵を三歳児が一人で描き始めたら、才能を感じざるを得ない。

真守君ママの一人語りを聞いているうちに、親父が戻ってきた。

概算の見積もり金額を伝え、家の安全を保証したところで、俺達はお暇《いとま》することになった。

門前まで見送りに来てくれた真守君がポツリと呟《つぶや》く。

「ひじり……ありがと」

真守君は俺が何をしたかなんて知らないはずだ。

親父が真守君ママにしたお願いだって、絵画が残ったことを公表しないことだけ。俺が活躍したとは一言も言っていない。

それでも、真守君は何か確信を持った目で俺にお礼を告げてきた。

「どういたしまして」

前世で仕事をしていた時には感じられなかった高揚感が、俺の胸に湧き上がる。

生きるため、金を稼ぐために渋々《しぶしぶ》働いていたあの頃の自分には得られないものだろう。

そういえば、真守君と仲良くなってからは、この別れの挨拶をよく使うようになった。

明日が来ることを信じ切っている、若者だからこそ使える言葉。

「『また明日』」

◇◇◇

後日、真守君が幼稚園で俺に絵を渡してきた。お礼、だそうな。

見覚えがあるその絵は、真守君ママが語っている時に横で描いていたものだ。

完成した絵を見てみれば、モデルは陰陽師衣装《ルック》の俺と親父で、突入前の準備をしている姿だった。

こっそりついてきたときに見た光景なのだろう。

だが、本来準備風景は地味なはずなのに、真守君の絵からは仕事前の緊迫した空気が感じられた。六歳児がクーピーを使って描いた絵から、描写されたもの以外の空気を感じたのだ。ちょっと見ないうちにまた成長していた。

うん、これは将来、有名人になるわ。

下手したら俺よりも先に。

プロの道に早いも遅いもないが、改めて頑張ろうと思わされる卒園式前日であった。

第十八話　殿部夫妻の夜

「おい、聞いたか？　聖坊《ひじりぼう》の話」

「いいえ、何も。何かあったの？」

殿部《でんべ》夫妻はリビングで就寝前のゆったりとした時間をすごしていた。

先にお眠《ねむ》の時間が訪れた子供達を寝かしつけ、コーヒー片手に夫婦で情報共有するのが、殿部夫妻の夜のすごし方である。

「なんでも、強《つよし》について行って、仕事を手伝ったらしいぞ」

今日も子供達の面倒を見てくれた、聖というしっかり者の男の子。

裕子《ゆうこ》は彼の成長を赤ん坊の頃から見守ってきたが、未《いま》だに驚かされてばかりいる。

「お手伝い……見学じゃなくて？」

「強はそういうところ細かいからな。お手伝いってことは、聖坊が何か手伝ったってことだ」

自分の娘と同い年だとは思えないほど言動が大人びていて、陰陽術《おんみようじゆつ》の勉強にも高い意欲を見せているという聖。

籾《だん》経由《な》で順調すぎる進展をちょくちょく聞いていたが、さすがの裕子も今回の成長には耳を疑った。

小学校入学前から陰陽師の手伝いをするなど、滅多《めった》に聞く話ではない。

彼女はふと、「男子三日会わざれば刮目《かつもく》して見よ」という慣用句を思い出した。

（聖ちゃんの成長に気付けなかったのは、ほとんど毎日顔を合わせてるから、かねぇ？）

なんて、冗談めいた結論に行き着く。

そうでもしないと、毎度驚かされる聖の成長に理性が追い付かないのだ。

「強から紹介された仕事が、ちょうどその案件だったらしくてな。『加奈《かな》ちゃんはお手伝いに来ないんですか』って聞かれちまったよ」

「あぁ、このあいだ強さんが持ってきた庄司《しょうじ》さんとこの？」

「そうそう、それ」

聖との繋《つな》がりが切《き》っ掛《か》けとなり、母親三人はよく話をする仲である。

これまで真守《まもる》君ママには家業について黙っていたが、今回の騒動で峡部《きょうぶ》家《け》と殿部家が陰陽師であることがバレた。

聖がお手伝いに来たから、同じ陰陽師の娘である加奈もお手伝いに来るのではないか、と予想するのは自然な流れである。

「加奈ちゃんはまだまだ無理ね」

「ああ、同年代と比べたらうちのお姫様の方が優秀なんだが……聖坊は天才だからな。比べる方がどうかしてる」

聖に影響されたのか、加奈の陰陽術に対する学習意欲は高い。

彼女の中で、陰陽術の練習をするのは当たり前、という認識ができているようである。意欲的に取り組む可愛《かわい》い娘に対し、籾《もみ》は嬉しそうに指導を行っていた。この調子で長男の要《かなめ》にも指導できれば、殿部家の秘術伝承も順調に進むであろう。

聖の存在は、殿部家に多大な影響を与えていた。

初仕事を話題に出した籾は自然、自分の時がどうだったかを振り返る。

「俺が初めて親父の仕事について行ったのは、たしか中学入ってすぐの頃だったか……。準備に三日かけたのに、親父にダメ出しされまくったのを覚えてる」

懐《なつ》かしき思い出にひたる籾の目には、かつて生きていた頃の父親の姿が映っていた。あの頃の父親はどんな思いで自分に指導を行っていたのか、今では確認することもできない。

もしも、もう一度会えたとしたら、子育て話を肴《さかな》に美味《うま》い酒が飲めそうである。

懐かしい思い出に蓋《ふた》をし、籾はコーヒーを一口飲んで続ける。

「しかも、現場行ったらものすごく臭くってよぉ。鼻がもげるかと思ったぜ」

陰陽師にとって大切な霊感には個人差がある。

籾は嗅覚《きゅうかく》に特化しており、離れた場所にいる妖怪でも嗅《か》ぎ分《わ》けることができる。

今でこそ慣れたものの、初めて真正面から嗅いだ妖怪の臭《にお》いは強く印象に残っていた。

「そうだったの……」

……実はこの話、裕子は既《すで》に聞いたことがある。

同じ思い出話をしてしまうなんて、長く連れ添った夫婦にはよくあること。

裕子は籾の話を聞きながら、あの時自分の体験談は語っていなかったなと思い出していた。

「お前はどうだったんだ？」

「私は初めての仕事より、見学の時の方が印象に残ってる」

陰陽師の家系に生まれた裕子は、当時にしては先進的な思想の下、女性でありながら一通りの陰陽術を教わっていた。

当然実戦経験もあり、陰陽師業界の事情や陰陽師の子育て事情にも精通している。

「脅威度2の、本当に何もできないような妖怪だったけど、初めての気持ち悪い感覚に鳥肌が止まらなかった」

だからこそ、当時の自分が如何《いか》に未熟だったかが分かる。

裕子は籾より霊感が弱いものの、肌感覚で妖怪を感知することができる。

妖怪が近くにいるほど肌が粟立《あわだ》つため、背後からの不意打ちにも強い。

運よく小学生まで妖怪と出会わなかった彼女は、そのゾワゾワッとする感覚に恐怖を覚えたようだ。

思い出話を語り終えた二人。

子を持つ親らしく、話題は自然と子育てへと移った。

「加奈ちゃんの霊感は私に似たから、見学の時は私が連れて行こうと思うんだけど」

「いやいや、小学校に入ったら父親の仕事調べの授業があるだろ？　その時に俺が連れてってやるよ」

……リビングを沈黙が支配した。

二人はコーヒーカップを片手に顔を見合わせる。

お互いの目が『一切譲る気はない』と物語っている。

「あなたには要ちゃんの指導があるでしょう？　娘は私に譲ってよ」

「いやいや、お姫様をエスコートするのは父親の役目だろ」

「いつまで娘のことをお姫様呼びするつもり？　もう小学生になるんだし、いい加減やめたら？」

「俺にとってはいつまでも可愛いお姫様なんだ！」

と言い切りつつも、最近娘からの反応がよろしくないことに彼は気が付いていた。

幼稚園という社会に出たことで、自分が絵本の中のお姫様じゃないと理解した加奈ちゃんからすると、嬉しさより恥ずかしいという感情が勝るようになったのだ。

「お前はここ数年専業主婦してただろ。ブランクがあるんだから――」

「陰陽術の指導は全部あなたに任せてるんだから、見学くらい私に――」

結局、二人の議論に決着がつくことはなかった。

仕事見学に行くのはまだ数年先ということで、ひとまず保留となった。

「もうこんな時間か。先に寝る」

「はーい。私はドラマ見てから」

テレビから響く韓国語を聞きながら、籾はリビングを後にする。

寝室が近づくにつれて、彼は足音が鳴らないよう慎重に歩みを進める。襖《ふすま》をそっと開くと、そこにはスヤスヤ眠る子供達の姿があった。

子供達の眠りを妨げないよう、彼は大きな体を静かに横たえる。

涅槃仏《ねはんぶつ》の体勢となった籾が子供達の寝顔を覗《のぞ》き込《こ》んでいると、思わず心の声が漏れた。

「大きくなったなぁ」

ほんの少し前まで小さな赤ん坊だったのに、今では二人とも元気に走り回っている。

特に加奈は、優也《ゆうや》と要のお姉さんとして内面も成長していた。

年下の面倒を見ようとする娘の姿は、父親《籾》の胸を強く打つ、感動ものの光景であった。

『見て見て！　かな小学生になるの！』

今日の昼、ランドセルを背負って嬉しそうに見せてくる娘の姿に、喜びと涙が溢《あふ》れ出《だ》した。

『やっぱり小学校行きたくない……』

寝る前、環境の変化に不安を見せた娘にお前なら大丈夫だと励《はげ》ましの声をかけた。

明日にはきっと、立派な小学生になっていることだろう。

「そうか……もう小学生か……」

たった一日の間に大きく成長する娘に、籾は感慨を抱いた。

加奈の隣《となり》で寝ている要も、来年には幼稚園だ。

ぼちぼち陰陽術の指導を始めるべきだろう。

殿部家の嫡男《ちゃくなん》として秘術を習得し、いずれ自分の跡を継ぐのだから。

独り立ちする子供達の姿を想像し、思わず目頭が熱くなってきた籾は、そのまま目を瞑《つぶ》って夢の中に逃避するのだった。

◇◇◇

籾は要の教育計画を立てる上で、無意識のうちに聖を参考にしていた。

同じ長男として、立派な陰陽師になってほしいという願望の表れである。

しかし、普通の三歳児がおんみょーじチャンネルを集中して見られるはずもない。

遊び盛りの男の子を教育する大変さに気が付くのは、指導を始めてすぐのことであった。

「やっぱ聖坊は天才だった」

「？　……褒《ほ》めても何も出ないよ」

第十九話　祖母のお見舞い

卒園式を終えた数日後、俺達一家は病院を訪れていた。

「いらっしゃい。よく来てくれましたね」

俺達を出迎えてくれたのは、ベッドに身を預ける母方の祖母――宮野美代《みやのみよ》さんだ。

相変わらず上品なオーラを纏《まと》っており、皺《しわ》が刻《きざ》まれてなお美しい笑顔からは、娘夫婦の来訪を心から喜んでくれているのが分かる。

「おばーちゃん！」

「はい、お祖母《ばあ》ちゃんですよ。優也《ゆうや》さんと会えて嬉しいです。もちろん聖《ひじり》さんも」

「お祖母ちゃん、こんにちは」

個室に入った途端《とたん》、祖母に駆け寄る我が弟。

可愛《かわい》い孫成分は君に任せた。

前世を加算すると立派な老人である俺としては、同じ老人である祖母に甘えることはできそうにない。

「ちょうどおやつの時間ですから、ここから好きなものを食べていいですよ」

前回同様、俺達のために用意してくれたのだろう。

優也はバスケットの中を覗《のぞ》き込《こ》み、迷うことなく〝ねるね◯ねるね〟を選んだ。

それはつい最近CMが流れ、優也が食べたいと言っていたお菓子である。

バスケットには俺の好きなお菓子も用意されていた。

「お祖母ちゃんありがとう。覚えててくれたんだ」

「ええ、もちろん。孫の好きなものは覚えてますよ」

祖母とは定期的にビデオ通話で話している。

その時、雑談の中で俺達の好きなお菓子についても聞かれた。もしかしたらと思っていたが、やはりこの時のためか。

甘えずとも甘やかされるこの感じ、なんともむず痒《がゆ》いものだ。

俺達がお菓子を食べている間、大人達が近況報告をする。

俺はそれに聞き耳を立てつつ、優也の面倒を見ていた。

「すごい！　ねぇ、見て見て！」

お菓子の色が変わる不思議な現象に、純粋な我が弟は大はしゃぎだ。そんな微笑《ほほえ》ましい光景によって、堅苦しくなりがちな大人達の空気が和《なご》んだ。

さて、近況報告もそろそろ終わりそうだし、俺達の番かな。

「体は大丈夫？」

「心配してくれてありがとうございます。可愛い孫に会えて元気いっぱいです」

なんて言っているけれど、妖怪発生からすぐに体調を崩したのを俺は知っている。

以前祖母と面会した際、俺は即席の御守りをプレゼントした。

それからしばらくして、祖母の病院の方角から不思議な感覚が伝わってきた。今まで感じたことのない言語化し難《がた》い感覚で、それが何を意味しているのかは分からない。

しかし、ただ一つだけ確かなことがあった。

『祖母に良くないことが起ころうとしている……気がする』

俺は勘《かん》に従い、親父にSOSを出した。こと陰陽術《おんみょうじゅつ》に関しては、勘を信じた方が良いと経験則でわかっている。

果たしてそれは当たっていたようで、この病院に妖怪が発生したとのこと。

祖母の無事は確認できたが、妖怪の陰気に当てられて体調を崩したため、今日まで直接面会できなかった。

ビデオ通話で画面越しに会っていたものの、やはり直接無事を確認したくなるのが人情。

そして、ようやく面会できたのが今日だ。

見たところ肌の血色も良いし、祖母の言葉に嘘《うそ》はなさそうだな。

本当に良かった。

「聖さん、もう少し近くに来てくれませんか」

「うん」

祖母に促され、ベッドに腰掛ける。

頭でも撫《な》でられるのかと思いきや、祖母は俺の手を取り、優しく包み込んだ。

少しカサついた掌《てのひら》に懐かしさを感じると共に、肌から伝わる温かさに安心感も覚える。

そして、祖母は俺の目を真っ直ぐ見つめて、一言。

「ありがとう」

え、何に対しての感謝？

俺何かしたっけ？

問いかける間もなく、祖母が言葉を続ける。

「貴方《あなた》から貰《もら》った御守りが、私の危機を教えてくれたのよね？」

ああ、そういうことか。

俺が親父を通して現地の陰陽師に助けを求めたことを、祖母は知っていたんだ。

「それに、久しぶりにあの人とお話しできました」

「あの人？」

「聖さんのお祖父《じい》ちゃんです」

こっちは身に覚えがない。

故人とお話しするのは降霊術を扱うイタコの領分だし、転生を経験している俺からすれば、その力も眉唾《まゆつば》ものだ。

「夢の中ではよく会うのですよ。でも、お話しできたのは久しぶりです。あれもきっと、

御守りのおかげです」

「そういう効果はないけど……良かったね」

夢か、なるほど。

この歳《とし》までイチャコラできるだなんて、何と羨《うらや》ましい。

さすがはお母様の生みの親。二児の母になっても俺達の見ていないところでイチャつく愛の深さは遺伝だったか。

「そうそう、聖さんから頂いた御守りが壊れてしまいました。せっかく作ってくれたのに、ごめんなさいね。よければ、また作ってくれませんか？」

「そういうと思って作ってきたよ。……はい」

御守りの崩壊によって中に込められた俺の霊力が解放され、遠方の祖母の危機に気付けた。というのが親父の推測だそうな。

御守りは期待以上の役割を果たして崩れ去ったらしい。よくやった、正直すぐに捨ててもいいとか思ってた。すまん。

なので、今回はあらかじめ御守りを作ってきた。

あの時は即席の道具ででっちあげたものだったが、今回は墨も紙もプロ仕様だ。親父にお願いしたらすぐに用意してくれた。結構値が張るけれど、家族の安全には代えられない。

ついでに家族全員の分も作らされた。

『私は、御守りが壊れても察知したことはない』

と、親父は言う。これが俺だけの特殊能力なら嬉しい。

いつかこの御守りを使って、美女のピンチに駆けつけられるかもしれない。夢に一歩近づいたな。

「まぁ、ありがとう。今度こそ大切にしますね」

「使い捨てだから、効果が切れたら新しいの作るよ」

「それでも、大切にします。私にとっては宝物ですから」

祖母は両手で包み込むように御守りを持ち、心から大切そうに見つめる。

さらに「天国のお祖父ちゃんに自慢します」なんて言われたら、製作者として悪い気はしない。

「今度、何かお礼をしますね」

「もうたくさん貰ってるよ」

誕生日や七五三、その他お祝い事がある度に援助して貰ってるから、十分だよ。

しかし、祖母からすれば遠慮《えんりょ》する可愛い孫に見えるらしく、さらにお礼について前向きに考え始めてしまった。

何か欲しいものがないか、あの手この手で聞き出そうとする祖母を回避するため、話題を変えることにする。

「そうだお祖母ちゃん、僕妖怪退治したんだよ」

さぞ驚くかと思いきや、祖母はキョトンとした表情を浮かべる。

「それは病院の……いえ、そのお話、もっと詳しく聞かせてください」

ちょっと拍子抜けしたが、柔らかい笑みに戻った祖母へ、俺は初仕事について語った。

他人に吹聴《ふいちょう》するのは止められていても、家族に話すのは問題ない。数少ない自慢できる相手を前に、ここぞとばかりに語った。

「この歳でもうお仕事を始めるなんて、とても感心です。貴方のお祖父ちゃんも仕事熱心な人でしたから、将来はきっと立派な陰陽師になれますよ」

今度こそ頭を撫でられた。

これがもしも普通の仕事の話だったら、嬉しくなかっただろうな。社畜根性を褒《ほ》められたように感じて。

でも、陰陽師の仕事は別だ。

理論的なようで感覚的、解明されているようで神秘的、ファンタジックな現象の数々。これらの技術を駆使して人々を助ける仕事が、面白くないわけがない。

転生当初に感じた胸の高鳴りは間違っていなかった。

祖母は俺の初仕事にいたく感じ入ったようで、いつも以上に褒めそやしてくる。

先ほどからちょくちょく出てくる『祖父』というワードから察するに、俺に祖父の面影を感じて嬉しいのだろう。

「困っているお友達を助けるなんて、とても良いことをしましたね。その子も喜んでいたことでしょう」

うっ……。

俺は他者への献身《けんしん》とか考えず、純粋に自らの欲求を満たそうとして真守《まもる》君のトラブルに首を突っ込んだ。ゆえに、祖母の称賛が胸に突き刺さる。

「うん、喜んでたよ。真守君の絵も、今はリビングに飾ってるんだって」

そう、真守君も喜んでたし、俺は実戦ができて満足した。ＷＩＮ－ＷＩＮの関係ってことでヨシとしよう、うん、そうしよう。

「絵と家を守ってくれたお礼にって、真守君のパパからケーキを頂いたよ」

ちゃんと料金を支払ってくれたらそれで十分なのに、律儀なことだ。

家族で食べたそのケーキは、お店の格を感じさせる上品な美味《おい》しさだった。さすがは政治家、お礼の質が高い。

俺としてはケーキより、当初の目的通り権力者とのコネが作れたことの方が嬉しかった。

一般市民では解決できないトラブルに巻き込まれた時、頼らせてもらおう。

「人を笑顔にできるお仕事をしたからこそのお礼ですね。相手に寄り添った仕事ができる人はなかなかいませんよ」

どっちかというと、親しき仲にも礼儀ありを体現しただけだと思うなぁ。

俺だって、できそうだからやっただけだし。

孫補正で過大評価されてる。プレッシャーを感じるような、期待されて嬉しいような。こういうところでもお母様と祖母に血のつながりを感じる。

「おばーちゃん！　ゆーやもね！」

「えぇ、聞かせてくださいな」

俺の近況報告の後は優也の番だ。無駄に大人びた会話よりも、優也の可愛い報告の方が聞いてて楽しいに決まっている。

そして帰り際、祖母は俺の顔を見て何とも言えない表情でこう言った。

「もうすぐ聖さんも小学生ですか。ついこの間生まれたばかりのような気がします。いくら子育てしても、子供の成長は早く感じるものですね」

奇遇ですね。俺もついこの間生まれたばかりのような気がします。

本当に、あっという間に幼稚園時代が過ぎ去ってしまった。

もうじきやってくる二度目の学校生活だって、きっとすぐに終わってしまうだろう。

学生時代を有意義なものとするために何ができるか、今のうちに考えておかないとな。

こうして、峡部聖《おれ》の幼稚園時代は瞬《またた》く間《ま》に過ぎ去っていった。

園長先生が入園式で言った通り、多くの新たな出会いに恵まれ、親友もできた。

陰陽師関連の出来事を含め、既《すで》に前世とは全く異なる道を進む我が人生、この先も悔いのないよう生きていこう――両親と祖母の期待も背負っていることだし、ね。

現代陰陽師は転生リードで無双する 弐

308

あとがき

読了お疲れ様です。作者の爪隠《つめかく》しです。

この場で読者様と再びお会いでき、とても嬉しく思います。弐巻《にかん》を出版できたのも、全ては作品を支えてくださった皆様のおかげです。

これは謙遜《けんそん》でもなんでもなく、紛れもない事実です。どこかで読んだ記事にこんなことが書いてありました。

『一巻が売れるのは出版社とイラストレーターのおかげ』

陰陽師転生は私にとってのデビュー作なので、悲しいことに作者の知名度はゼロです。ラノベの顔となる表紙、レーベルの知名度、販売店でのレイアウト、そして何より、読者様が聖と出会ってくださった奇跡。皆様のおかげでこの二巻を出版できました。誠にありがとうございます！

ちなみに、記事の続きにはこうありました。

『二巻が売れるかどうかは小説の面白さ次第』

一巻がつまらなかったら、二巻なんて買いませんよね。あたりまえの事実ですが、弐巻が売れるかどうかは私の実力次第と言われると、身のすくむ思いです。

とはいえ、成瀬《なるせ》ちさと様の美麗なイラストや、ファミ通文庫様の宣伝という頼もしいバックアップは変わらないので、安心してこの本を世に送り出せました。

私が想像した世界を皆様に共有でき、そのうえ楽しんでもらえる。作者として、これほど嬉しいことはありません。

それに加えて、『常日頃からファンタジー世界を想像している人』からランクアップし、『小説家』という肩書きを得られたことは僥倖《ぎょうこう》でした。副業がスタンダードになりつつある現代において、この肩書きがあることにより、堂々と小説を書くことができます。私は豆腐メンタルなので、趣味に邁進《まいしん》することすら大義名分を必要とするのです。

また、環境にも恵まれました。創作に理解を示してくださる周囲の方々のおかげで、弐巻の執筆時間を作ることができました。特に職場の皆様には大変お世話になっております。さらにはクリスマスイベントのリベンジも達成し、二〇二二年は充実した一年となりました。

話は変わりますが、最近私が気になっているＡＩについて語りたいと思います。

説明するまでもなく、昨今のＡＩの進化は著しいです。私もChatGPTから家紋について教わりました。いつか峡部家《きょうぶけ》の家紋が出てくる時には、この基礎知識が役立つことでしょう。

このままＡＩが進化すれば、いずれ人の代わりにロボットが働く社会に変わるかもしれません。私が夢見る将来像は、購入したロボットに働いてもらい、衣食住を用意させ、私は家で好きなだけ小説を書くというものです。

意外なことに、ＡＩが奪うであろう仕事の一覧で小説家の名はあまり見かけません。もしかしたら、怠惰極まりない私の夢が実現する日が来るかもしれませんね。

この小説は「現代陰陽師」とあるように、現代を生きる陰陽師のお話です。いずれ聖の世界にもＡＩが現れるかもしれません。その時、聖《ひじり》はどう行動するのか、陰陽師界にどのような影響を与えるのか、想像するのも面白いと思いませんか？

とはいえ、それはまだ先のお話です。

もしも続きとなる参《さん》巻を出せた暁には、聖が武家と邂逅《かいこう》します。身体強化に似た力を持ち、妖怪との戦闘で前衛を務める武士。表社会でとうの昔に姿を消した彼らが、現代においてどんな活動をしているのか……。是非読んでいただきたいお話です。

そんな参巻が出せるか否かは、厳しい競争社会の洗礼結果次第ですね。

聖たちの未来のためにも、ラノベ好きな知り合いにオススメするなど、宣伝にご協力いただけると嬉しいです。YouTubeで「転生リード」と検索すれば、作者の弟が作った本作のオープニング曲がヒットするので、是非聴いてみてください。

あとがきまでお付き合いいただきありがとうございました。

また皆様へご挨拶できるよう、智夫雄張之冨合様に祈っております。

爪隠し

1巻に引き続き イラストを
担当させていただきました!
あとがきは他のキャラを描こうと思ったけど
悩んだ末に 聖になってしまった…。
成瀬ちさと

■ご意見、ご感想をお寄せください。……………………………………………
ファンレターの宛て先
〒102-8177　東京都千代田区富士見2-13-3　ファミ通文庫編集部
爪隠し先生　　成瀬ちさと先生

FBファミ通文庫

現《げん》代《だい》陰《おん》陽《みよう》師《じ》は転《てん》生《せい》リードで無《む》双《そう》する　弐《に》

1821

2023年4月28日　初版発行

◇◇◇

著　者　爪《つめ》隠《かく》し
発行者　山下直久
発　行　株式会社KADOKAWA
〒102-8177 東京都千代田区富士見2-13-3
電話 0570-002-301（ナビダイヤル）
編集企画　ファミ通文庫編集部
デザイン　アフターグロウ
写植・製版　株式会社スタジオ205プラス
印　刷　凸版印刷株式会社
製　本　凸版印刷株式会社

●お問い合わせ
https://www.kadokawa.co.jp/（「お問い合わせ」へお進みください）
※内容によっては、お答えできない場合があります。
※サポートは日本国内のみとさせていただきます。
※Japanese text only

ISBN978-4-04-737440-9 C0193

定価はカバーに表示してあります。

魔王のあとつぎ

著者／吉岡剛
イラスト／菊池政治

【魔王】の座は私が受け継ぐ!!

「【魔王】を受け継ぐのは私しかいない!!」高等魔法学院の前で宣言するシャルロット。幼馴染のオクタヴィア、マーク、レインと騒がしくも楽しい学院生活を送る中、褐色肌の美少女ティナが転入してきて……。

FBファミ通文庫

ポンコツ最終兵器は恋を知りたい

著者／手島史詞
イラスト／どぅーゆー

「マスター、“恋”とはなんでしょうか?」

遺跡探索業のミコトが見つけたのは眠れる美少女サイファー。彼女はミコトのことをマスターと慕ってくる。だがミコトは《人型災害》と呼ばれるほどの不幸体質。降りかかる災いをサイファーが力業で解決していき――

放課後の図書室でお淑やかな彼女の譲れないラブコメ3

既刊 1～2巻好評発売中！

著者／九曜
イラスト／フライ

泪華の気持ちに静流は――。

放課後の図書室で姉の蓮見《はすみ》紫苑《しおん》、先輩の壬生《みぶ》奏多《かなた》、恋人の瀧浪《たきなみ》泪華《るいか》の三人と楽しくも騒がしい日々を送る真壁《まかべ》静流《しずる》。そんな中、奏多からデートに誘われた静流は週末を一緒に過ごすことになるのだが……。放課後の図書室で巻き起こるすこし過激なラブコメシリーズ、堂々完結。

FB ファミ通文庫

むすぶと本。『夜長姫と耳男』のあどけない遊戯

既刊　『外科室』の一途／『嵐が丘』を継ぐ者

著者／野村美月
イラスト／竹岡美穂

「わたしは、本、なの」

榎木《えのき》むすぶは中学二年生の夏に出会ったはなだ色の本を忘れられずにいた。そして中学三年生の夏、むすぶは再び北陸の地を訪れることになった。ひとまず事件の起こった屋敷を訪ねてみると折り紙にくるまれたブローチを拾う。そこには『わたしに会いに来て』と書かれていて――。